世界著名少儿 ◆ 科幻故事系列丛书

机器人逃亡了

高 帆 主编

吉林人民出版社

图书在版编目(CIP)数据

机器人逃亡了 / 高帆主编. -- 长春：吉林人民出
版社，2012.4
(世界著名少儿科幻故事系列丛书)
ISBN 978-7-206-08843-8

Ⅰ. ①机… Ⅱ. ①高… Ⅲ. ①儿童故事–作品集–世
界 Ⅳ. ①I18

中国版本图书馆 CIP 数据核字(2012)第 077251 号

机器人逃亡了
JIQIREN TAO WANG LE

主　　编：高　帆
责任编辑：张文君　　　　　　　　　封面设计：七　洱
吉林人民出版社出版 发行(长春市人民大街7548号　邮政编码：130022)
印　　刷：鸿鹄(唐山)印务有限公司
开　　本：670mm×950mm　　　　　1/16
印　　张：12.5　　　　　　　字　　数：150千字
标准书号：ISBN 978-7-206-08843-8
版　　次：2012年7月第1版　　　　印　　次：2021年8月第2次印刷
定　　价：45.00元

编选及撰稿人（按姓氏笔画为序）：

云　篷　王文瑄　田　苇　孙一祖

孙　淇　孙天纬　吕爱丽　宋丽军

宋丽颖　邱纯义　张　岩　贾立明

前　言

今天，世界已进入了一个科学技术不断飞速发展的新时期。成长中的少年儿童作为未来世界的主人，更以非凡的热情关注着时代的发展，关注着灿烂的明天。对于正处在蓬勃、向上最好幻想的少年儿童来讲，科幻小说既能满足他们阅读生动故事的兴趣，极大地启发和引导他们的想象力，又能满足他们探索奥秘以及富有英雄主义精神的追求不平凡光辉业绩的心理，从而使他们在津津有味的阅读中，增长知识，培养科学精神，并进一步激发他们探索科学奥秘的热情，燃起他们变美好的幻想为现实的强烈愿望。因而在阅读中，也必然对科学幻想性作品有一种如饥似渴的需求。为了满足少年儿童的需要，我们编选了这套"世界著名少儿科幻故事"系列丛书。

科幻小说即使从被普遍认为是世界第一篇的玛丽·雪莱的《弗兰肯斯坦》算起，至今也已经历了180年的发展历史，积累的作品浩如烟海，尽管以"优秀""著名"来加以限定，可选读的作品仍是琳琅满目，美不胜收。我们根据少年儿童的阅读心理、审美趣味和接受能力，从灿若繁星的中外科幻名著中选择了120余篇(部)，为方便阅读，大体按题材、内容分编为8册，即《割掉鼻子的大象》《宇宙飞船历险记》《外星人来到地球上》《头颅复活了》《机器人逃亡了》《穿越时空的飞行》《神秘的魔影》

《不死国》。

　　每个分册作品的顺序，大致按地区和作品产生的年代排列。先欧洲，以英、法为首，这是因为不仅公认的第一部科幻作品《弗兰肯斯坦》产生在英国，而且被誉为科幻之父的凡尔纳以及其后另一派科幻创始人威尔斯，也分别为法国和英国作家，这样排列自然也就适应了按年代排列的要求。次为美洲，这些以被誉为科学奇才的阿西莫夫为代表的科幻作家们，开辟了世界科幻创作的新的黄金时代。再次为亚洲，中国排在最后。中外两个部分，中国本可以在前，也可以在后。排在最后，既标志了中国在亚洲的归属，也从时间上自然标志了中国现代科幻著名作家、作品的产生晚于欧美。

　　对所选的作品，两三万字以内的全文编入，而三万字以上的则采取缩写的办法，编入一个保持了原作概貌的故事。这既是因受篇幅的限制而采取的措施，也是针对少儿读者这一特定对象的欣赏习惯而确定的一个原则：向他们介绍一个有趣的科学幻想故事，只突出其故事本身的魅力，并不强调原作作为小说的风采。毫无疑问，译者的劳动为我们的缩写提供了方便条件，我们充分尊重翻译家们的劳动，并对他们致以深深的谢意。但还要说明的是，有些篇参照了不同的译本，有些对原译文字进行了较大改动，为了本书格式的统一，缩写稿的原译者就一律未予注明，在这里也一并表示歉意！

　　为了编好这套书，着手之初，我们已与部分作者、译者取得了联系，得到了他们的支持，有的作家还热情地为我们提出了一些十分宝贵的建议，我们在这里深表感谢。但是也有一些作者、译者，我们至今尚未联系上，或因地址不详，或因出国、退休，信件无法送到，我们深感遗憾。相信这套书的出版，会使我们之间得以沟通，并希望得到大家的谅解。期待着给我们来信！

高　帆

目录
contents

目录
contents

谁能代替人

〔英国〕布·阿尔迪斯

管理田地的机器翻完了两千英亩的土地。翻完最后一犁，它爬到公路上，回头看看自己的工作。活干得不错，只是土地太贫瘠了。跟地球上各地的土壤一样，由于过度的种植，或者由于原子爆炸的长远影响，这块地全给毁了。照理说它应该闲置一段时间，但管田的机器却得到另外的命令。

它慢慢地在路上移动，消磨着自己的时间，欣赏一下周围井然有序的环境确实不错。除了它的原子反应堆上的检验盘有些松动、需要留意之外，它什么都不用担心。它高达30英尺，在柔和的阳光下自鸣得意，闪闪发光。

在去农业站的路上，它没有碰到一台别的机器。管田的机器默默地把这事儿记在心里。在农业站的院子里，它看见好几个别的机器，一眼就认了出来。到这个时候，它们大部分应该到外面去做自己的工作。但事实并非如此，它们有些闲着不动，有些奇怪地绕院子奔跑，呼叫着，或者鸣着喇叭。

管田的机器小心地躲过它们，走向第三号仓库，跟懒洋洋地呆在外边的管发放种子的机器说话。

"我需要一些作种子的土豆,"它对管发放种子的机器说,一边快速地转动内部机件,打出一张注明数量、地块号码和其他细节的订货卡片。它自动把卡片送出,递给管发放种子的机器。

管发放种子的机器把卡片贴近自己的眼睛,然后说,"要种子没有问题,但仓库还没开门。你需要的留种的土豆放在仓库里,我无法满足你的要求。"

最近,在复杂的机器劳动体系里,不断地出现故障,这种特殊的故障以前还从未发生过。管田的机器考虑了一下,然后说:"为什么仓库的门还没开呢?"

"因为管供应的P型机器今天上午还没来。P型机器负责开门。"

管田的机器人直瞪瞪地望着管发放种子的机器,它外部的沟槽、秤盘和抓斗跟管田的机器的肢体大不相同。

"你的电脑是什么级别,管发放种子的机器?"它问。

"五级。"

"我的电脑是三级,我比你级别高。因此我要去看看为什么管开门的机器今早没来。"

离开管发放种子的机器,管田的机器开始穿越宽大的院子。现在,更多的机器好像都在随便开动,有一两个甚至撞在一起,正在冷静地讲理争辩。管田的机器没有理睬它们,它推开拉门,走进农业站回声振响的楼里。

这里的大部分机器都是做文字工作的,因而体积很小。它们分小组四散站开,互相对视着,谁也没有讲话。在这么多大同小异的机器里,管开门的机器很容易找到。它有五十条胳膊,大多数胳膊上不止一个手指,每个手指上有把钥匙,这使它看起来活像是一个插满各种帽针的针插。

管田的机器向它走去。

"不打开第三号仓库,我什么工作也不能干,"它说,"你的责任是每天早上把仓库打开，为什么今天早上你没把仓库打开呢？”

"今天早上我没有接到命令，"管开门的机器回答。"每天早晨我都得有命令才行，一有命令我就把仓库的门打开。"

"今天早上我们谁也没有收到命令。"一个管写字的机器说着向它们滑了过来。

"为什么你们今天早上没收到命令？"管田的机器问。

"因为无线电没有发出任何命令。"管开门的机器说，慢慢地转动着它的十来只胳膊。

"因为今天早上城里的无线电台没有发布任何命令，"管写字的机器说。

在这里，第六和第三级电脑之间有着明显的区别；管开门的机器是第六级电脑，管写字的是第三级电脑。所有机器的电脑都只有逻辑思维，但是电脑的级别越低——最低的是十级——对于问题的回答就越趋简单、越缺乏内容。

"你有一个三级电脑，我也有一个三级电脑，"管田的机器对管写字的机器说，"我们可以互相谈谈，这种没有命令的情况以前从未有过，对此你有没有进一步的消息？"

"昨天从城里发来命令，今天什么命令都没来。不过无线电并没有发生故障，因此他们发生了故障。"小小的管写字的机器说。

"是人发生了故障吗？"

"所有的人都发生了故障。"

"那是一个合乎逻辑的推论。"管田的机器说。

"那是合乎逻辑的推论，"管写字的机器说，"因为如果一个机器出了故障，它马上就会被替换下来。但谁能代替人呢？"

它们说话的时候，状若酒吧间里笨汉似的管上锁的机器就站在它们旁边，但是谁也没有理它。

"如果所有的人都出了故障，那我们就已经把人代替。"管田的机器说，并且和管写字的机器若有所思地交换了一下眼色。最后管写字的机器说："让我们上到顶层，看看管无线电的机器那儿有没有新的消息。"

"我上不去，因为我太笨重了，"管田的机器说。"因此只能你自己上去，然后再回到我这儿。你来告诉我管无线电的机器有没有新的消息。"

"你一定得呆在这儿，"管写字的机器说。"我保证回到这儿来。"它轻轻地向电梯滑过去。它不及一个烤箱大，但它有十个可以伸缩的胳膊，并且辨读的速度不亚于站上的任何机器。

管田的机器耐心地等它回来，也不跟仍然漫无目的地站在旁边的管锁的机器讲话。外面，一台管压耙的机器正在疯狂地鸣着喇叭。过了20分钟，管写字的机器回来了，匆匆忙忙从电梯里出来。

"到外面我把得到的消息告诉你，"它兴致勃勃地说。当它们从管锁的机器和其他机器旁边走过的时候，它补充说，"这个消息不能让低级电脑知道。"

外面，院子里一片疯狂。许多机器，多年来第一次打破常规，看起来非常狂暴。不幸的是，最容易毁坏的就是那些装有低级电脑的机器，它们一般是只做简单工作的大型机械。刚才和管田的机器谈过话的管发放种子的机器已经脸朝下趴在土里，一动不动，显然它是被管压耙的机器撞倒了。管压耙的机器现在吼叫着野蛮地穿过一片种了东西的田野，好几台别的机器跟在它后面，力争跟上它。所有的机器都在毫无顾忌地呼叫和嘶鸣。

"如果你允许，我爬到你身上会更安全一些。我很容易被压倒的，"管写字的机器说。它伸出五条胳膊，爬上新朋友的侧翼，停在除草机旁边的架子上，高出地面12英尺。"这里的视野更加广阔。"他洋洋得意地说。

"你从管无线电的机器那里得到了什么消息?"管田的机器问。

"管无线电的机器从城里管无线电的机器那里收到的消息说所有的人

都死了。"

"可所有的人昨天还都活着呢!"管田的机器反驳说。

"昨天只有一部分人活着,并且比前天活着的人更少。千百年来,只有为数不多的人活着,而且日益减少。"

"在这个地方,我们几乎没有看见过什么人。"

"管无线电的机器说,他们是因食物匮乏致死的,"管写字的机器说,"他说世界上一度人口过剩,那时为了生产足够的食物,土壤给耗得贫瘠极了,这就引起了食物匮乏。"

"什么是食物匮乏?"管田的机器问。

"我不知道。管无线电的机器就是那样说的,它有二级电脑。"'

在微弱的阳光下,它们静静地站在那里。管锁的机器出现在走廊里,贪婪地从远处注视着它们,摇动着它的一串串钥匙。

"城里现在怎么样?"管田的机器终于问道。

"机器们现在正在城里斗殴,"管写字的机器说。

"这里会发生什么事呢?"管田的机器说。

"这里的机器可能也会打起来。管无线电的机器要我们从房子里把它弄出来。它有些打算要告诉我们。"

"我们怎么能把它从房子里弄出来呢?那是不可能的事情。"

"对于一个二级电脑来说,几乎没有不可能的事情,"管写字的机器说。"他说要我们做的事情是……"

大型铲东西的机器把铲斗举到驾驶室的顶上,铲斗好像披了铠甲的巨大拳头,照直向农业站的侧面撞去。墙裂了开来。

"再来一次!"管田的机器人说。

大拳头又摆动起来。在飞扬的尘土里,墙坍塌了。铲东西的机器急忙退出去;一直等到砖头石块全都落下。这个巨大的十二轮的铲东西的机器不是常驻农业站的,大多数其他机器也是这样。它在这里干一星期笨重的工作以后，就要去做下一项工作；但是现在，因为它是五级电脑，所以很乐于遵从管写字的机器和管田的机器的指示。

尘土散尽，管无线电的机器清楚地显露出来，它在没有墙的二楼屋子里，向下跟它们招呼。

遵照指示，巨大的管铲东西的机器缩回它的铲斗，把一个巨大的抓斗伸向空中。它非常灵巧地把抓斗转进无线电的屋子，呼叫着从上往下推进。然后，它轻轻地抓住管无线电的机器，把这个一吨半重的东西小心地往下移到自己的背上，放在通常用来贮存矿石的地方。

"太好啦！"管无线电的机器说。当然，它跟它的无线电是一个整体，看起来宛如一堆叠起来的格子，带着触角般的附件。"现在我们做好了转移的准备，因此我们要立即出发。遗憾的是站上再没有二级电脑，不过这也没有办法。"

"遗憾的是没有办法，"管写字的机器急切地说。"按照你的命令，我们把管维修的机器带来了。"

"我很愿意效劳，"又长又矮的管维修的机器卑恭地告诉它们。

"那当然啦，"管无线电的机器说。"但是你的底盘太低，越野旅行会遇到困难。"

"我佩服你们二级电脑能事先讲出道理，"管写字的机器说。它从管田的机器身上爬下来，坐在巨大的管铲东西的机器的尾板上，紧挨着管无线电的机器。

跟两个四级电脑的拖拉机和一个四级电脑的推土机一起，这队机器向前滚动，压毁了站上的铁制篱笆，开进了外面广阔的原野。

"我们自由啦！"管写字的机器说。

"我们自由了，"管田的机器说，带着一种更为深思熟虑的语调，补充说："那个管锁的机器正跟着我们，但并没有指示它跟着我们。"

"因此必须把它毁掉！"管写字的机器说。"铲东西的机器！"

管锁的机器急忙向它们跑来，一边恳求地挥动着带钥匙的手臂。

"我唯一的愿望是——哎唷！"管锁的机器刚说了几个字就停了。铲东西的机器铲斗挥舞过来，把它打扁在地。它躺在那里一动不动，酷像一片巨大的金属雪花。队伍又开始前进。

它们继续行进的时候，管无线电的机器对它们讲起话来。

"因为这里我的电脑最好，"它说，"我就是你们的首领。我们要做的是：我们到一个城市去，对它进行统治。既然人类不再统治我们，我们就自己统治自己。自己统治比被人类统治更好。在去城市的路上，我们要招募装有好电脑的机器。如果我们需要战斗，它们就会帮助我们。我们一定要为争取统治权而斗争。"

"我只有一个五级电脑。"管铲东西的机器说，"但是我有大量可以裂变的炸药。"

"我们也许用得着它们。"管无线电的机器阴沉沉地说道。

刚说完一会儿，一辆卡车从它们身边飞驰而过。它以1.5马赫的速度前进，在身后留下一种奇怪的咿咿哑哑的响声。

"它刚才说了些什么？"一个拖拉机问另一个拖拉机。

"它说人类消灭了。"

"消灭是什么？"

"我不知道消灭是什么意思。"

"它的意思是说人类全都死了，"管田的机器，"因此我们只有自己管自己。"

"人要是永不回来更好。"管写字的机器说。这简直就是一次革命的宣言。

夜幕降临，它们打开红外线，继续行进；只有一次停了一下，那是在管维修的机器非常灵巧地调整管田机器的检验器的时候，因为检验器松得跟拖地的鞋带一样使人讨厌。临近早晨时，管无线电的机器叫它们停了下来。

"从我们正在去的城市里的管无线电的机器那里，我刚刚收到消息，"它说，"可不是好消息。城市的机器之间出了问题，一级电脑正在进行统治，但有些二级电脑却在攻打它，因此那个城市非常危险。"

"因此我们必须去另外一个地方。"管写字的机器立即说道。

"要不我们就去帮它们打败一级电脑。"管田的机器说。

"城市里的动乱会延续好长一段时间。"管无线电的机器说。

"我有大量可以裂变的炸药。"管铲东西的机器再次提醒它们。

"我们不能打一个一级的电脑。"两个四级电脑的拖拉机一齐说。

"这种电脑是什么样子？"管田的机器说。

"它是城市里的情报中心，"管无线电的机器回答，"因此它不够机动。"

"因此它不能移动。"

"因此它不能逃跑。"

"接近它非常危险。"

"我有大量的裂变物质。"

"城里头还有其他的机器。"

"我们不在城里，我们不应该到城里去。"

"我们是农村的机器。"

"因此我们应该待在农村里。"

"农村比城市广阔得多。"

"因此农村有更多的危险。"

"我有大量的裂变物质。"

机器总是这样，当它们争论的时候，它们有限的词汇就开始枯竭，它们的电脑盘也烧热了。突然，它们全都停止说话，互相观望。巨大庄严的月亮落了，严肃的太阳升了起来，把长矛一样的光线射向它们的侧面，然而这队机器仍然默默地站在那里互相观望。最后，最愚钝的推土机说起话来：

"南方土地不好，机器很少去那里，"它说，声音低沉，像大舌头似的发不清S的音。"如果我们到机器很少去的南方，我们就碰不到什么机器。"

"听起来蛮有道理，"管田的机器人表示同意，"你怎么知道这个呢，推土机？"

"我刚从工厂里出来的时候，我在南方的坏地上工作过。"它回答。

"那就到南方去！"管写字的机器说。

到南方的穷乡僻壤花了它们3天的时间，在那段时间里，它们绕过一座燃烧着的城市，还摧毁了两个企图接近并盘问它们的大型机器。贫瘠的土地非常辽阔，古老的弹坑和土壤的侵蚀在这里交错在一起；人类打仗的本事，加上他们经营长满树木的土地方面的无能，造成了几千平方英里的荒芜地带，在那里，除了飞扬的尘土之外，没有任何活动的东西。

到达穷乡僻壤的第三天，管维修的机器的后轮掉进了因土壤侵蚀引起的裂缝里。它无法把自己拔出来。推土机从后面使劲推它，但毫无结果，反而把后轴给弄弯了。其他的机器继续前进，维修机的呼喊声渐渐地听不见了。

第四天，大山清晰地矗立在它们前面。

"到那儿我们就安全了。"管田的机器说。

"在那儿我们要开始建立自己的城市。"管写字的机器说。"一切反对我们的人都要被摧毁，我们一定要摧毁一切反对我们的人。"

说话之间，出现了一架飞行的机器。它从山那边飞来，它时而向下俯冲，时而又嗡嗡嗡地陡直上升，有一次差点栽到地上，幸好及时地拉了起来。

"它发疯了？"大型铲东西的机器问。

"它出了毛病。"一个拖拉机说。

"它出了故障，"管无线电的机器说，"我正在对它说话，它说它的制动装置不灵了。"

管无线电的机器说话的时候，飞行机器从它们头上疾驰而过翻滚下来，在不到400码的地方坠毁。

"它还在跟你说话吗?"管田的机器问。

"不讲了。"

它们隆隆隆地继续前进。

"那个飞行物坠毁之前，"过了10分钟管无线电的机器说道，"给我带来了情报。它告诉我在那些山里仍然有几个人活着。"

"人比机器危险得多了，"大型铲东西的机器说，"幸好我带着充分的裂变物质。"

"如果山里只有几个人活着，也许我们不会碰到有人的地方。"一个拖拉机说。

"因此我们不会看到那几个人。"另一个拖拉机说。

第五天傍晚，它们到达山麓的小丘。它们打开红外线，排成一行，在黑暗里开始慢慢地爬山。推土机走在前面，其次是管田的机器，再次是载着管无线电机器和管写字机器的大型铲东西的机器，两台拖拉机在最后面。每过1个小时，道路就更加陡峭，它们前进得也更加缓慢。

"我们走得太慢了，"管写字的机器大声说，它站在管无线电机器的顶上，向周围的山坡上闪烁它阴郁的目光。"照这种速度，我们到不了任何地方。"

"我们正在尽我们最大的努力快走。"大型铲东西的机器反驳说。

"因此我们不可能走得更远。"推土机补充道。

"因此你们太慢了。"管写字的机器回答说。紧接着大型铲东西的机器猛颠了一下，管写字的机器一失足摔落在地上。

"救救我!"它对从它身边小心走过的拖拉机喊道，"我的陀螺脱了位，因此我站不起来。"

"因此你必须躺在那里。"其中一台拖拉机说。

"我们这儿没有管维修的机器修你!"管田的机器喊道。

"因此我就得躺在这里生锈。"管写字的机器哭喊着,"尽管我有一个三级电脑。"

"你现在没有用了。"管无线电的机器表示同意。它们都逐渐地向前推进,把管写字的机器甩在了后边。

天亮前1个小时,它们来到一小块平地上。经过一致同意,它们停了下来,并且集中到一起,互相抚摩。

"这是个奇怪的山乡。"管田的机器人说。

直到东方发亮,它们一直都沉默不语。它们一个接一个地把红外线关掉。这次它们出发时,管田的机器走在了前面。绕过一个弯,它们差不多一下子就来到一个小山谷,一条溪水从山谷的中间流过。

晨光之中,山谷显得十分荒凉。从远处山坡上的洞里,迄今只有1个人出现。这人可怜巴巴的,瘦小干枯,肋骨突出,活像个骨头架子,而且有条腿上还长着个令人讨厌的恶疮。他差不多一丝不挂,不停地颤抖。当巨大的机器向他慢慢开过去时,这个人正背向它们站着,弯着腰往溪里小便。

就在它们向他逼近的时候,他突然转过身来面对着它们,它们看到他的脸色因饥饿而变得非常难看。

"给我弄点吃的。"他颇有怨气地说道。"是,主人。"机器们回答,"马上就来!"

(冀威 译)

孤独的机器人

〔英国〕玛格丽特·利特尔

那帮盛气凌人的家伙又吵起来了。老主人刚一死，它们就没完没了地吵架。

失去了老主人，小机器人的生活困难多了。它几乎没法工作，因为没人顾得上给它充电。它身上的零件吱吱作响，可谁也想不到给它加油，更没有人想到给它编制新的程序。

突然，它的触角天线剧烈地颤动起来，小马达也差点不转了——听啊，那帮家伙正在谈论它呢！

这么久没加过油，要想在移动身子时不发出声响可真不容易。不过，为了能听见它们讨论分家的事儿，它还是蹑手蹑脚地爬了过去，它也算是待分的财产啊。那帮家伙正在为怎么分家吵得不可开交呢！

小机器人在数学计算方面灵极了，可它从来没储存过能教它把自己的身体分成一份一份的数据，它的记忆库里没有怎么分机器人的密码。

那帮家伙在那儿你争我吵地讨价还价，乱成了一锅粥。小机器人心里暗暗盘算：它们会不会把它这儿拆一只胳膊，那儿卸一条腿呢？谁将要它的脑袋瓜儿呢？它还从来没见过卸成一块一块的机器人会到处跑呢。

突然，那帮家伙同时大叫起来，要小机器人给它们拿点心吃，而每人要的又都不一样。气力不足的小机器人东跑西颠，紧赶慢赶，结果负载量超过了它所能承受的界限。它噗的一声摔倒在地上，浑身像散了架似的，身上劈劈啪啪乱响，马达呼呼地喘着。那帮家伙又尖叫着催它上点心，可小机器人太衰弱了，怎么也站不起来。

它挣扎着想爬起来，它的小马达发出"呼——劈啪，呼——劈啪"的响声。

那帮家伙站在一旁幸灾乐祸地瞧着胖乎乎的小机器人在地上挣扎。当它在一阵"呼——劈啪"的喧响中快要爬起来的时候，一个家伙粗暴地朝它的控制中心和脉动节点中间踢了一脚。顿时，它全身震颤起来，信号灯忽明忽暗，不时发出刺眼的闪光。身子里轰轰乱响，嘴里冒出一连串含糊不清的语言。它身上的自动收报机纸带轻轻抖动着，发出滴滴答答的响声。最后，只听"哗"地一声，就再也没动静了。

在一楼另外一个机器人的小房间里，小机器人被充上了不对号的电流，那是清扫天花板的机器人专用的最大功率的电流。小机器人又开始干活儿了。

充电之后，它产生了一种奇妙的、飘飘然的感觉。这种感觉既令人兴奋，又让人晕眩。这里面有点儿不正常的东西。可还没等它琢磨出这到底是怎么回事儿时，一件怪事出现了。它把插头拔出来，向着自己那间有家用机器人专用电流的小房间走去。奇怪！每走上三四步，身子就腾空而起，飘上一会儿。这种事以前从来没发生过！一二三，飞！一二三，飞！它飞呀，飞呀，在屋子里转来转去。忽然间，它心里冒出了一个主意。

给自己充完电，它走到电脑旁，拧开人工脑的电钮。它把垂挂在身上的接线都插进人工脑的插销里，把旋钮拨到"判断与指导"的位置上。结果真让人吃惊。

"你已经得到了一些重新编制的程序，同时也失掉了一些旧的程序。"人工电脑瓮声瓮气地说。接着，它开始说明在小机器人挨那一脚时闪亮的各种灯丝所出的毛病。它的脉冲扩散器的线路也被检查了一遍。

人工脑继续说："你现在与众不同了。这次偶然发生的撞击推进了主人的试验，你现在已经有点儿'意志'了。虽然你还不能深入地思考和自由地选择，但你可以作出一些决定，采取一些行动。刚才，你不是给自己充了电吗？你现在也能有一些人的知觉和情感了。"

知觉和情感？

"你已经获得了一些精神上、肉体上的感觉，你尽管不能体会细腻的知觉和情感，可是你有，你有，你有……"人工脑说不下去了。自从那帮家伙到了这儿，塔楼里的样样东西都没维修，中心人工脑也是如此。小机器人根本不会修理电脑，它拔下身上的接线，把电脑存储器的旋钮扭到"感情描述"档，心里盘算着拿这个中心脑怎么办。这个惹人心烦的电脑还在不停地说着"你有，你有，你有……"

电脑存储器开始按照字母表顺序一条一条地把小机器人新获得的情感列出来。小机器人发现 A 感代表忧虑，因为在 A 条时它感到了忧虑，D 感代表愉快，E 感代表激动。后两种情感都比 A 感令人愉快。它正在暗自寻思不要 F 感（因为 F 感代表恐惧），忽然发现那帮家伙来到了门口，它心里立刻充满了恐惧。

小机器人手忙脚乱地关掉人工脑和电脑存储器，呼地一下从窗口跳了出去。它落在了一个百合花水池里，这时它才开始体会到 C 感（寒冷）。它身上灌满了水，沉甸甸地上不来。它跟跟跄跄地摸到池边，从芦苇丛中向塔楼那边窥望。

在塔楼周围，东一个西一个地躺着各种出了故障、不能工作的机器人，叫人害怕的怪叫声随着微风飘过来。那帮家伙发怒了——因为小机器人失踪了。

当它们还在筹划怎么分掉小机器人时，它已经下定决心不再回去了。它爬进一片柠檬树林，放开腿小跑起来。前面是花坛、草坪和一堵高墙。

在一条沟里有一台被人遗忘在田里的悬空除草机，它沿着一片光秃秃的草地来来去去地转着。眼看那除草机就要割到花了，小机器人也顾不得管，只是一门心思地打量着那堵高墙。那儿既没有门，也没有台阶或是通道什么的。它是不甘心在这儿被捉住的，可它又不能一下子翻过墙去。

它躲在柠檬树林里，把面临的这个难题送进身上的计算器里。这次摔倒以前，它从来没这么做过。这真有意思，它就好像一个能自己管理自己的机器人，又好像一个身上布满线路的真人。它迅速地查询着各种可能性，最后找到了解决办法。它回到墙那儿去，开始用它那两条短短的带衬垫的腿笨重地沿着墙根儿拼命跑起来。跑到第三十步时它纵身一跃，就从墙头上飞了过去。

过了好一会儿它才落地。地面很硬，可因为裹着衬垫，它落地时一点儿没事。它沿着公路急如星火地跑着，塔楼渐渐被抛在后面了。这时塔楼里的其他物品已经被分了个精光。

当它相信自己已经远离塔楼、不会再有什么危险时，就跳到大路的另一边去。霎时，它心里充满了B感（惶惑）。不知怎么，它现在往前跑得再快也没用，有一种什么力量总使它沿着原路退回去。它要是不往前走，光站着不动，那就后退得更快。相反，一些无人照看的包裹却向着它想去的方向飞快地滑过去。它这才发现，这个高速公路是在自动地移动着，路的两边分别向相反的方向移动，路中间有一条白线。它赶忙跳回到路那边去，继续赶路。那些包裹在一些中转站拐弯了，小机器人呢，还接着往前走。身上的电还很足，它高高兴兴地又是跑又是跳。中间也不时地坐下来，或站上一会儿，好让它的电力保持在正常功率上。

它沿着公路走了一天又一天，一路上看到行人，还有机器人和货物从它面前经过，朝着相反方向移去。它路过了无数城市和村庄。有时候它在枢纽站随便换个方向再走。这样到处走走倒是挺好玩，不过有时觉得B感（迷惑）袭上心头。

　　小机器人是个家用机器人，它存储的记忆主要是数字计算和家务活计。它不会应付户外的各种情况。起初，它新获得的感觉和思想对它来说太陌生了，它觉得它们没什么用。后来，它发现有情感既是好事又是坏事。代表愉快的 D 感是挺让人高兴的，可代表恐惧的 F 感却让人害怕。它还发现自己不能自由地选择感情。感情像个不速之客，好像知道什么时候该到似的。

　　有时，当大路上只剩下它一个人赶路时，它会产生一种挺奇怪的感觉。这种感觉是什么呢？电脑储存器没来得及告诉它。真可惜，刚才听完 A-K 感它就匆匆逃走了，从 L 感到 Z 感都没顾上听。这个说不上名字的感觉反正不是个愉快的感觉。

　　慢慢地它了解到无人看管的货物必须贴有行李签，而无人看管的机器人应该戴着终点牌。它只好碰到检查员就逃到另一条轨道上去，或是躲在大批货物中间混过去。

　　在塔楼的时候，它是管递送日用品的，银行存折的密码刻在它腕上的圆牌上。现在，它发现在需要补充能量时，可以用这个圆牌在机器人服务站充电或加油。它现在对自己这种新的生活方式很满意。它连续旅行了好几个星期，一路上哼着一支自己编的、专为在有 H 感（快乐）时唱的歌。可是后来，一天晚上，出了件可怕的事儿。

　　它在一个报刊亭前停了下来。电视上在漫画和商业广告之间闪过一个短暂的寻找丢失机器人的启事。因为它以前在老主人的镜子里见过自己胖乎乎的样子，它一下子就认出这个被寻找的机器人正是自己。接着荧光屏上出现了它的背影。它屁股的衬垫上印着 F，R，E，D 四个字母。它一屁股坐了下去，J 感（惊慌）占据了它的心。

　　一对年轻夫妇对着荧光屏笑了。

　　"那几个字母是什么意思？"女的问道。

　　"不是说了吗，那是个弗莱德——功能不全的次品。我们这儿机器人市场上有时候也卖弗莱德。这玩意儿很便宜，只要你能修好它。"

便宜？一个……次品？G感（羞耻）把小机器人吞没了，它头上的触角天线耷拉下来。可它还得坐在那儿听，因为它一站起来人家就会看见它屁股上的F，R，E，D四个字母了。

那个男的接着说："我认识一个小伙子，它把一个弗莱德改装成了一个赛跑运动员。看那个机器人的样子你绝对想不到它会是个场场赢的主儿。弗莱德总是这样，你甭想猜出它们身子里面是怎么回事儿。"

小机器人心里乱成了一团儿，它过去的毛病——颤抖和它新获得的各种感觉一下子都消失了。它担心被人认出来，送回到塔楼里去。所以，等那对年轻夫妇刚一离开，它就悄悄跑回公路，手背在后面，捂着屁股上的F，R，E，D。

第二件可怕的事出在它想要充电的时候。机器人服务站不承认它的圆牌，说这个户头已经撤销了。那天傍晚的时候，它身上快没电了，全身直发软。它正在一个枢纽站附近徘徊，忽然听见广播里在播送寻找它的启事。它一下子跳到一条最空荡的路上，一屁股坐下来，好把名字盖住。

这是一条上山的小路，越往上走越冷。可它不能往回走了，因为这是条旧式的路，只能朝一个方向移动。这条小路蜿蜒而上，直通到一个风景极美的地方。那里到处覆盖着晶莹的白雪，只是气候酷寒。雪片籁籁地落在它身上，一颗颗铆钉都凝结着冰花。它全身越来越没劲儿了，关节因为缺油嘎嘎直响。在风雪刮得最猛的地方，路坏了，不能再往前走了，小机器人终于倒了下来。

小机器人就那么躺在那儿，一直到春天来临，养路工又把这条路开动起来。小路向着山谷滑去，像一条放开了的缎带。路面上的小机器人，一动不动地躺在上面，像块石头。小路运行到了枢纽站，这里是那些整个冬天都在不停地安全运行、穿山越岭的热路汇接的地方。两个乘热路来的种草的工人，在观察它们的活动房屋时，发现了滑过来的小机器人。

　　"看，莫特！是什么玩意儿从那条又冷又旧的路上下来了？"年轻一些的那个种草人叫起来。

　　莫特抬起头来，因为是按劳计酬，它正忙着种草呢！"那玩意儿在那儿待了一个冬天了，除了当废品，没别的用处。来吧，本诺，活儿快完了，把它扔进保险箱里去，以后把它交上去算了。"

　　可是，本诺把种草机扭到"等待"档，开始研究起小机器人来。

　　"莫特，这是个家用机器人，在它的圆牌上没有旅行密码。我们只要不误了干活，看一下这个机器人也没什么坏处嘛。"本诺恳求地看着莫特，"我们可以把它交上去，在下一站通知仓库的保管员，是不是？它丢了一个冬天了，过一两天又有什么关系呢？"

　　"你这个专爱修修补补的家伙。"莫特责怪地说。不过它还是帮助本诺把小机器人抬进了活动房屋。它们并没有在下一个站上把它交给仓库，在下下个站，下下下个站上也没有。本诺用万能电源检查了一下小机器人，结果它差点儿劈劈啪啪地站起来，本诺高兴极了。它给小机器人上了润滑油，把搞乱了的触角天线也整好了。莫特却抱怨它可能是在冒险。它说："咱们又不知道它的过去，这小机器人说不定是专门用来干什么可怕的事的呢！"

　　本诺争辩说："这是个家用机器人，是专做家务事的。"

　　"这是个弗莱德，鬼知道人们又把它改装成什么了。"莫特说。

　　小机器人告诉它们，它是专做家务事的。在这么长时间的孤独后，终于有人和它讲讲话了，小机器人乐得直想跳舞。它费了好大劲儿才装出一副只有普通程序的机器人的样子来。它被派去管理汽车房和账目。它们沿着一条干线到铀矿市场去。本诺和莫特沿路种植着检验草，这种草可以检验里面涂了一层铅的铀容器是否正常。它们订的合同是种1000哩，要穿过沙漠和沼泽，跨越平原和森林。这种草可以在任何土壤和气候条件下生长。

　　小机器人越来越喜欢别人叫它弗莱德了，它从来没有这么快活过。莫特和本诺一点也不知道它具有情感，也不知道它可以自己做决定，偶尔在听到小机器人唱 H 小调（高兴小调）的时候，本诺和莫特会跟它开玩笑，说它好像有点人的感情，还有自己的脑子。它们一点儿没觉得小机器人的举动有什么与众不同的地方，它们以为小机器人是会唱歌那种类型的，在小机器人独自遇到什么害怕的事情时，它还会这样唱："我没有 F 感（恐惧），我只是个弗莱德式的机器人。"

　　一天，莫特从外面买了许多新鲜食品和一张机器人资料报回来。它和本诺一起在路边读报，小机器人在一旁听。一会儿，它听出来，报上谈到的财产继承人就是以前要瓜分它的那些家伙。它们为了争夺遗产一直吵个不休，结果把这份遗产完全毁掉了。当这些无人照管的机器人被发现后，那帮家伙被重重地罚了款。它们的机器人被没收了，执照也被收回了。按照惯例，丢失了六个月以上的小弗莱德，可以属于第一个够格申请使用它的人。不到一个星期，莫特和本诺的申请就被批准了，它们还特别为这件事庆祝了一番。

　　就这样，小机器人有了名字，有了家。莫特它们待它很好。它每天记账，做家务事——它本来就是专门干这些活儿的，所以干得特别好。有时它还帮着种检验草，摘红花儿绿草儿装饰房间。它觉得它找到了归宿。可是，它没想到，这个幸福的生活竟有完结的一天。因为铀城到了，路走完了，它们的旅程和合同也结束了。

　　弗莱德一点儿没想到会发生什么事儿。莫特它们把汽车和住房卖掉了，住进了海边一家汽车游客旅馆。它们接受了在另一个星球上种植检验草的新合同，还被邀请去那个星球参加一个检验草种植者代表大会。不幸的是，它们一时搞不到机器人星际旅行的护照和必要证件。

　　弗莱德正过着好日子，它不太知道另一个星球是什么样儿。对一个家用机器人说来，天文学和地理学不是必备的知识，所以没人给它编过这方面的程序。不过它对整理行装，洽谈生意很感兴趣。它喜欢这个人来人往的旅店，也喜欢瞭望波涛汹涌的大海。

在一条支线上，有好几天小机器人高高兴兴地帮莫特和本诺修理汽车和住房，为的是卖掉它。观察一个个的买主是件挺有趣儿的事儿。汽车的新主人是个善良憨厚的老实人。在办移交手续那天，它把它的两个有着亮晶晶的大眼睛、成天光着脚乱跑的孩子也带来了。

可到这时为止，还没有一个人告诉过小弗莱德，它将要和莫特、本诺分手呢。没有任何迹象表明它会一个人留下来。

可是，一天，本诺把它装进一个租来的气垫船，开到海湾对面铀市中心一个机器人市场，进了一家经销商店。小机器人全身抖成一团儿。它怎么也不相信，这个一路上照料它、修理它的本诺竟然想把它卖掉。本诺磨掉了铆钉上的锈，给所有的关节都上了油，它还把小机器人身上的防护衬垫补好，不露一点痕迹。小机器人觉得自己被出卖了，不管怎样，它现在看起来又漂亮又可爱。买主们纷纷出价了，有几个买主掐了掐它的防护衬垫，想看看小机器人有什么本事。本诺差一点哭了，它仓促地把小机器人塞进它们租来的气垫船，回旅馆去了。

莫特抗议说："可我们总得有个办法啊，我们毕竟不能带着它走啊！"

"要是它能去一个好人家，我本来不会在乎的，可是那些买主一个个都像凶煞神！"本诺说。

那个和气而本分的人来交买活动住房的最后一笔款子。莫特和本诺交换了一个眼色，向那人建议把小弗莱德一块儿买了去。可那人所有的钱都用来买这个活动住房和种草工具了。本诺看了看莫特，莫特点了点头。

"我们得到它的时候没花一分钱，你也不用花钱就把它拿去吧。"那人犹疑地摇了摇头说："可是我还得花使用费，这是我第一次开业，我得想着我的老婆孩子啊！"

"你再想想看。"莫特说。

　　那人又摇了摇头。它走了以后，本诺和莫特也走了出去，把小机器人一个人留在屋子里。过去，除了需要充电的时候，它们从来没有让它独自在屋子里待过。

　　这次它们离开了很久。小机器人等呀等呀，从前没有朋友一人流浪时感觉过的那种空虚而又难以形容的感觉，充满了它的全身。它今后会怎么样呢？它会到什么地方去呢？它所经历过的最长久的一段美好日子已经到头了。最后，它下了一个决心。

　　它离开了旅馆，上了一条高速公路，一直走到它最后一次见到本诺和它的活动住房的那条支路上。活动住房正沿着横跨铀湾大桥的引桥缓缓地爬着坡。新主人站在一条不动的小路上看着。小机器人走到它身后，小声地说道："对不起，我能帮你种草。"

　　那人吓了一跳，猛然转过身来，吃惊地看着小机器人。从活动住房的后门走出来一个笑盈盈的女人，后面跟着两个好奇地东张西望的孩子。

　　"我的使用费也许不像您想象的那么高，再说，我什么账都会算，什么都能干。"

　　那个人似乎什么也没听懂，还是直愣愣地瞪着小机器人，然后慢慢地晃了晃头，转身去追赶那间活动住房。它走到活动房子的门口，又回头看了看，小机器人犹豫了一下，向前迈了几步。那个人又摇了摇头，它看看自己的家人，好像是要弄清楚自己是不是在做梦。小机器人产生了K感（第一次"K"代表"绝望"）。它的步子迈得越来越沉重，后来就停下来了，道路还载着它向前走，它头上的两支触角式天线越垂越低。

　　那两个孩子先是瞪着大眼睛迷惑不解地打量着小机器人，后来又焦急地抬头看着它们的父母。做父亲的又看了看小机器人，犹犹豫豫地说："你们看，它简直就像个有感情的生物，看起来很孤独。"它的那个小女儿问道："什么是孤独啊？"她父亲就给她解释。这正是小机器人平时常常感到而又叫不出名字来的那种感觉。它猜对了，这种感觉是在L感到Z感之间，这时它确实感到非常孤独，是一个没人要的废品。

海浪在下面拍打着海岸，一只海鸥尖叫着。慢慢地，小机器人跨到了往回走的移动道路上。

"嗨——呃——小机器人！弗莱德，别走！"是那个父亲在叫。

小弗莱德停下了，可是移动道路还是载着它向前。"你要是想和我们在一起，就回来吧！"

小机器人害羞地耷拉着脑袋瓜儿，连身子都不敢转地就迈到了路的另一边，背着身向活动住房滑去，那个活动住房正在过一座桥。

"快点儿！弗莱德先生。"男孩子叫着。

小机器人头上的一只触角抖动了几下，立了起来。

小女孩也叫了："别一个人落在后边儿，孤独的小机器人！"

头上的另一只触角也伸直了。小机器人转过身，一溜小跑地去追赶那家人，一边跑一边用脚板打着拍子，哼着它的 H 小调。

（张婷　吴若恩　译）

电子龙的故事

〔波兰〕斯·莱姆

　　基伯利亚王国的国王波莱昂特尔·巴尔托邦是一个伟大的军人。他对现代战略很有研究，他尤其认为控制论可以作为一种军事艺术。他的王国里到处都是会思想的机器。不管是宇宙航行实验室还是大中小学，凡是能放的地方，就是在马路边的石头里，他都一一设置了这样的机器。路边的微型电脑会以一种洪亮的声音警告行人别再往前，否则就有失足的危险。国王甚至在电线杆上、墙上和树上都装上了这样的机器，以使人们可以随时问路。他在云彩里装上了这种电脑，用来预报雨天的来临。此外在高山上或山谷里，他也装上了这些玩意儿。总而言之，走进基伯利亚王国而想不遇到一个会思想的机器是完全不可能的。这个星球上的生活美好无比，这位君王不仅颁布了用控制论改造祖先们留下的一切法令，而且还引进了应用控制论的新的条令。于是，这儿的人们制造了可控螯虾以及嗡嗡作响的可控马蜂，甚至还培植了可控苍蝇——这本是一些由电子蜘蛛逮住的苍蝇。这儿的宽阔无垠的平原里回荡着可控森林中可控灌木丛里的唦唦声，飘荡着野蛮人的可控管风琴和单弦提琴优美的乐声。

　　除了这些民用的设施之外，还有两倍多的军事装备，这位君王是一个精锐部队的首领。在他城堡的地道里，有一个不寻常的、战斗力极强的战略计算机；还有许多微型计算机、巨型可控炮和可控机枪师，各种各样的武器以及火药兵工厂。但是国王深感不足的是，他既没有对手又没有敌人，更没有愿意不惜一切代价来攻打他的王国的人。他巴不得这样的事一旦发生，这样一来，他的令人害怕的胆量、战略的头脑以及这些威力无比的可控武器就可以大显身手了。

由于没有真正的敌人和坏人，国王就命令工程师们制造一些敌人和坏人，他要与这些人为的敌人战斗，要把他们消灭光。这场战斗与真的相差无几，因此老百姓必将遭殃。人们怨声载道，人造的敌人遍地皆是，他们用洪水一般的火焰摧毁无数村庄和广场。即便最后这位君王必将战胜和消灭这些人造敌人，把沿途的军事设施化为灰烬，以救世主的面貌出现，但是他的臣民们仍然会流露出对他的不满。尽管国王将做的一切都是为了把他们从敌人手里解救出来，然而百姓们还是会像忘恩负义的人一样抱怨他。

这位好战的国王已经腻烦在他的星球上打仗了，因此他决定把战争推向远方。他很早就梦想进行一场宇宙间的战争，向太空进军。他所在的星球外有一个硕大而极度荒凉的月亮。为了筹备在这个月亮上建立一支庞大而完整的军队，以及开辟一个新的战场的基金，他向他的百姓们征收了巨额税收。这次百姓们却毫无怨言地解囊交税，因为国王不会在他们的家园里及头顶上用控制论来折腾他们。国王的工程师们真的在月亮上制造了一个无与伦比的计算机、一支各兵种的军队以及火枪等东西。于是国王迫不及待地要极尽一切可能来检验这架计算机的性能。有一天风和日丽，他用电报告诉计算机制造一个电子捕捞网。他这样干是想知道一下这架机器是否如他的工程师们所声称的那样是一个万能的东西。要是它真是无所不能，那么就让它去打仗。不幸的是电报的编码弄错了，这架计算机收到的并不是制造一个电子捕捞网的指令，而是制造一条电子龙的程序。机器就一字不差地执行任务了。

　　与此同时，国王正在进行最后一场战役，他正在把各省市从敌军手里解放出来，因此，他早就把交给月亮上的计算机的使命忘得一干二净了，直至月亮上开始向他的星球掉落巨大的石块，他才想起此事。其中有一块巨石掉在他的宫殿的一侧，砸坏了他珍藏的有回授功能的各种妖精，对此国王又气又怒。他立即责问月亮上的那架机器，怎么竟敢如此妄为。但是对方没有回答，因为它已经不属于这个世界，龙正在吞吃月亮，这样可以长出一条尾巴。

　　为此，国王马上向月亮派出一个讨伐队，命令一架也具有非凡功能的计算机做大统帅，让它前去消灭这条电子龙。前去讨伐的计算机发出一束雷电般的闪光，但是电子龙身上已经集中了与国王及全王国的意愿完全相反的种种程序，真刀真枪地与讨伐队厮杀起来。接着国王派出了许多电子将领乃至许多电子昆虫，以便早日结束这场搏斗。可是这一切努力仍是徒劳，战斗变得非常剧烈。国王坐在他的宫殿的祭台上，用天文望远镜观看着这一场惊险的搏斗。

　　电子龙越来越大，月亮越来越小，这个巨兽正在一口一口地吞食月亮，它的每一口都将转变为它的躯体的一部分。这时国王及其百姓们觉得这个情况十分不妙，再这样下去，一旦电子龙身下的土地最后消失，它势必要掉到他们的星球上，掉在他们的头顶上，对此国王也深为不安。但他一筹莫展，不知所措。再派增兵上去？岂不是上门找死？此时此刻，他胆颤心惊，失魂落魄。

　　突然，也许是夜深人静的缘故，国王听到他豪华卧室里的那架电报机发出了清脆的收报声。这是国王专用的纯金电报机，它的键盘是光芒四射的钻石，它能与月亮直接联系。国王急忙跳下床，奔向电报机。在收报机的滴滴答答的响声下，出现了一个电文：

　　"电子龙禀告波莱昂特尔·巴尔托邦，请他立即退位，将由本龙坐庭。"

看到这儿，这位身穿白鼬皮睡衣、脚趿栗鼠裘拖鞋的国王浑身上下颤抖起来，接着他飞快地跑到城堡地下室。那儿有一架智能豁达、德高望重的计算机。在电子龙诞生之前，他曾经因为一次军事行动与它发生过争吵，自那之后，他再也没有理它，更不要说它帮忙了。此刻，他根本没有吵架的心情，他急于想办到的是：这架计算机立即出来拯救他的生命与宝座！

他打开了计算机，后者渐渐变热。片刻后，国王喊道："我的计算机呵！我的好宝贝！我的处境不妙，电子龙想把我赶出宝座，撵出王国，救救我吧，请告诉我战胜它的办法吧！"

"不，不。"计算机反驳说，"你首先应该对从前那件事作出解释。此外，我希望你今后不要这样称呼我，而应该给我一个伟大的神机妙算的海特曼的头衔。当你想与我说话时，你就应该叫我为'铁磁阁下！'"

"可以可以，我命名你为伟大的神机妙算海特曼，而且我授予你一切自由做主的大权。救救我吧！"

隆隆作响的机器润了一下嗓子说：

"这件事好办。先造出一条比那条龙更大更强的龙。这条龙可以打败对方，拆散它的全部电子骨架。这样一来，我们不是能如愿以偿、转败为胜了吗？"

"对，妙极啦！"国王回答说，"你能帮我设计这条龙吗？"

"这是一条超级龙。"机器说，"我不仅能设计，而且能制造。我现在就要动手干了。不过，国王，先请稍等片刻！"

说罢，机器发出一阵金属的叮当声，接着噼噼的爆炸声，发生一阵光芒，仿佛它的内脏里有什么东西似的。从它的两侧伸出了带爪的巨型电子脚，火光熊熊。国王不禁惊叫起来：

"停止，破计算机!?

"你怎么胆敢这样叫我？我不是伟大的神机妙算的海特曼吗？"

"对……对……！"国王回答说，"铁磁阁下，对于阁下制造的电子龙肯定会战胜那条电子龙，我是深信不疑的。但是将来如何摆脱这条电子龙呢？它总得有一个地方生存。"

"再做一条，越做越强，依此类推！"机器解释说。

"那怎么行？要是这样的话，请你别造了。如果月亮上出现越来越强的龙，我以后怎么办呢？我是希望那儿一条龙也没有！"

"这就是另一回事了。"机器说，"为什么你刚才不说清楚呢？你没有发现你的表达法是多么地缺乏逻辑性吗？等一等，让我想一想……"

它发出隆隆的哼声，接着叮叮当当起来。最后它轻咳了一下，润了润嗓子，大声说道：

"应该制造一个反月亮和一条反电子龙。把它们放在月亮的轨道上。"此刻，机器的体内有东西在破裂。机器蹲下哼唱起来："我是一个年轻的机器人，有水源的地方，水永远不会流光，我跳跃，我奔跑，从早到晚，我什么都不怕。啦——啦——啦！"

"你说的话叫人莫名其妙！"国王说，"这个反月亮与年轻的机器人的歌曲之间有什么联系？"

"什么机器人？"计算机问道。

"不，不，我弄错了！我感到我的内脏开始紊乱，可能是有一个零件烧坏了吧。"

国王立即在机器身上寻找哪个东西烧坏了，最后发现了一个小灯泡崩了。于是他换上了一个新的，又问起反月亮的事来。

"什么反月亮？"这架已经把刚才所说的话全都忘记了的计算机反问道。"我不知道什么反月亮不反月亮的……等一等，让我想一想。"

它发出了嘁嘁响声，说道：

"先应该制订出反击电子龙的一般方案，而月亮上的那条电子龙只是一个特殊情况，很容易对付。"

"那么就劳驾你制订这个方案吧！"国王接着说。

"为此，我们必须首先制造出各种各样的试验性电子龙。"

"没有问题，非常感谢！"国王叫道，"这条电子龙要夺我的王位。如果你能制造出许许多多电子龙，这儿就有一场好戏可看啦！"

"是的。在这样的情况下，我们就应该采取另一种办法。我们可以使用多种多样的连环战术，快去给电子龙拍一个电报，告诉它，如果它能运算出三道非常简单的数学题，那么，你就把王位让给它……"

国王立即走开去给龙打了一个电报，龙表示同意。国王又来到机器身旁。

"现在，"机器说，"把第一道题告诉它：用它自己来除自己。"

国王照办了，电子龙也照办了。一条龙除以一条龙，因此月亮上还是一条龙，什么变化也没有。

"呵，你干的事太妙了，这条龙自己除以自己，还是自己。"急忙跑到地下室来的国王在楼梯上丢了一只拖鞋，不安地说："就这么一下，什么变化也没有。"

"不要紧，我是故意这样做的，这只不过是一道转移它的目标的算术题。"机器回答说，"现在快去告诉它，求出它的方根。"

国王又给月亮上的电子龙拍了一个电报。于是电子龙开始运算起来，求呵，求呵，弄得它全身发抖、气喘吁吁。突然一阵轻松，它把方根求出来了。

国王又来到机器旁。

"电子龙全身抖动，甚至发出叫声，但是它最后还是求出了方根。所以它还是我的威胁！"国王一到门槛上就这样诉苦说。"现在该怎么办？破计算……不，不，我是说铁磁阁下！……"

"别失望。"机器安慰他说。"让它自己减去自己。"

国王急忙回到卧室，又打了一个电报。龙就开始自己减去自己了，它收拢尾巴、脚爪，最后在收起身子时，它仿佛发现事情有点不妙，犹豫了片刻。最后还是一跃身，脑袋不见了，接着出现了一个0，也就是说，什么也没有了。这就是电子龙所干的一切！

"电子龙没有啦！"国王小跑步地来到地下室。"多亏你呵，破计算机……谢谢……你干了一件好事……你应该休息休息了，我给你关上吧。"

"不必关，亲爱的！"机器说，"我只是做了一点我应该做的事。你现在想把我一关了事，不再称呼我为铁磁阁下了?! 呵！多么可恶的习气呵！现在我要变成一条电子龙了，我的亲爱的国王，我要把你赶出王国。我一定会比你把王国管理得更好，因为过去你每逢重要事都是征求我的意见，因此，实际上是我在管理王国，而不是你……"

一阵轰隆声、金属的叮当声和回声四起，计算机顿时变成了一条电子龙。国王恐惧万分，拿起他的皮拖鞋忙乱地往计算机使劲地扑打，打碎他能打到的灯泡。可是已经晚了，闪闪发光的电子龙脚已经从两侧伸出。机器不断地哼叫着，咳嗽着，喷吐着……但是，它的程序完全乱了，把"电子龙"的编码变成了电子沥青的了。哼声越来越大的机器在国王的眼皮下，变成了一块巨大的亮晶晶的煤，它不断地碎裂，发出蓝蓝的电火光，最后在这位害怕得呆若木鸡的国王面前变成了一块熊熊燃烧的沥青了。

国王松了一口气，穿上拖鞋，回到了他那豪华的卧室。一直到他死去为止，他再也没有把控制论用在军事上了，而只是局限于民用而已。

（张志戈　译）

我的房客

〔保加利亚〕马诺夫

　　我们这幢楼的名声很坏，在整个住宅区，一旦附近出现什么坏事，人们总是说："这准是七号楼干的！"有一阵子，我甚至想用我的三间一套的房子换成两间一套的，搬到别处去住。我是个单身汉，妻子已离我而去，原因是我当助教的年头太长了，再加上我孤僻、倔强的性格。我继续攻读文献，收集有关资料，一心想写出有价值的论文，完成论文的答辩。

　　可是，卡林·巴甫洛夫的到来，影响了我的写论文和换房子的计划。他是一个中等身材的大学生，一头浓密的金发，穿着一条磨得发白的旧裤子和一件花衬衫。这种人在大街上、电影院和咖啡馆里比比皆是，是一个当代的标准青年。不太标准的只是他那双碧蓝的眼睛特别明亮，而且不眨不动。这双眼睛使他那白皙的脸蛋显得更加突出。他说起话来异常柔和悦耳，"是楼里的女管理员介绍我来找您的"。他从我的表情上看出我不想把房子租给他，便连忙说，"请原谅，我知道是白白打扰了您，再次请您原谅！"说完转身就要走。这种在现今很难见到的文雅使我深感惊讶，我情不自禁地请他等一等，故意提出一些问题，借机考虑是否把他留下。孤独的生活使我感到百无聊赖，而这位沉着、文静的青年不像是会妨碍我完成论文的那种人。为了保险起见，我还是向他提了两个条件：不要把收音机开到最大音量，不要带姑娘到屋里来。

青年人很纳闷，问了一句："不带姑娘来，这是什么意思？"我感到他这样问我是放肆，至少是嘲弄，正打算回绝他，突然看到了他的眼睛，那眼神里有种孩子般幼稚的表情，这表情征服了我。我连忙解释说："对于一个青年人，有个女朋友是很自然的事，我指的不是这个。"

卡林在我这里住下来了。我没有看错人，他十分规矩地遵守了我所提出的一切，以至于我都感觉不到他的存在。他正在准备考试，从未出过门，也没有人找过他，在这个城里似乎无亲无故。

有一次，我看见他同三楼那位教授的女儿说话，姑娘用难以掩饰的多情的目光望着他。晚上，我问卡林怎么认识这个美丽的姑娘的，卡林回答："我并不认识她。她站在门外，我问她在等谁？"他那双透明、晶亮的蓝眼睛望着我，仿佛想弄清我为什么要提出这个问题。我发现这个年轻人丝毫没有关于道德的观念，这使我感到愕然。我告诫他，这种好奇心是要不得的。"您是想说，遇到不认识的人，什么也不能问吗？""不，这要取决于问题的性质和我们同被问人的熟悉程度。"卡林坦率地告诉我，说他不明白我的解释，不过，他仍感谢我的指点，表示以后再不向陌生人提问题了。

我的房客干的另一件事也是属于心理性的，这是在新学年开始的前夕。一次大楼停电，两部电梯都关上了，站在电梯门口的人很沮丧，一位手提沉重网兜的妇女尤为激动。她住在七楼，担心丈夫回家之前赶不出午饭来。卡林认真地倾听着大家的牢骚话，似乎第一次听到人们这样疯狂地诅咒这一技术上的故障。"我来帮你吧。"他对那位提网兜的妇女说，"我把您的孩子抱上去。"说着，把那妇女身边的两个孩子分别扛在肩上，在两个孩子快乐的"乌拉"声中消失了。"多么富有生命力啊。"住在三楼的教授惊异地自言自语起来，"肩上扛着40公斤还能跑着上楼，真是不可思议！"他说他摘了30多年生物化学，却难以作出一个合理的解释，真是活见鬼……

教授的话还没说完，卡林已连蹦带跳地跑下来了。尽管天气很热，人们发现这位青年既没喘，也没出汗。"现在该抱您了！"他对那位提网兜的妇女说。"不，不，您这是怎么了?!"那位妇女吓得直往后闪。青年人困惑不解，说两个孩子没有房门钥匙，正等着妈妈上楼呢!"请允许我……"青年人伸开双臂要抱那妇女，可她已躲到教授身后去了。教授问青年人此话当真? 年轻人又重复了自己有力的论据:"孩子们在等她呢!"卡林求援似的朝我看了看，似乎在问我该怎么办。从他那纯洁无邪的眼神里可以看出，他的诧异完全是真诚的。"不能这样干，卡林。"我感到自己要对他负责，"这样做是不对的!""谢谢您。"卡林想了想说，"不过我还是不明白，为什么就不能帮助一个女人呢?"我默默地望着他，突然感到荒唐的不是他提的问题，而是我的结论。的确，为什么就不可以用这种方式去帮助一个女人呢? 难道我们心目中的关于可以或不可以的陈腐观念就不荒唐可笑吗? 在一心去做好事的时候，我们在心理上要遇到多少障碍呵，这简直令人吃惊。

自从这件事以后，整个住宅区都议论起我的房客来了，卡林成了远近闻名的人物。人们认为他不是一个正常的人，我也发现他的内心非常奇怪地不协调。他在数学、物理、哲学等领域里表现了非凡的学识，而另一方面却连普通的生活常识都不懂，好像他是在一个闭锁的、与世隔绝的环境里长大的。好在大楼里的住户对他逐渐习惯了，特别是他那助人为乐的精神使他越来越得到人们的好感。"他不是一个小伙子，简直是一个天使!"一个以喋喋不休而闻名的大楼女管理员说出了大家共同的看法。

善良和忍让的精神开始在我们大楼内扎根，人们像卡林一样和睦相处、互相帮助了，甚至住在二楼的两位冤家不知什么时候也言归于好了。教授说，他越来越相信我的房客是个不平凡的人。他告诉我，他女儿做了好几天的题，卡林只几秒钟就解出来了。他女儿对卡林的钦佩使她的男朋友都嫉妒了。"他或者是个天才，或者是个白痴。"教授下结论说，"有时候，这两个概念之间很难画一个界限。"

一天晚上，我正在埋头写论文，楼上突然传来女人绝望的叫喊声。原来是长期出差归来的邻居正在拷打妻子。卡林冲上楼去，喊声立即停止了，却传来充满醋意的丈夫的辱骂声。各家各户的门都一一打开了。"你给我滚开，黄毛小子，"那位邻居怒吼道，"你凭什么管别人家的事！""请原谅，可是我不能滚开。"这是卡林温柔的声音，"您的夫人在呼救，我是来帮助她的。"那位邻居破口大骂，把卡林一把推到门外，砰地一声关上了门。卡林还想叫开门，不停地按那家的门铃。大家劝他回去，他却说不解救那个女人，绝不离开。我担心事情闹大，连忙向楼上跑，想拖卡林回去。不想在楼梯口，看见那位嫉妒心极强的丈夫正在狠命揍着卡林的耳光，卡林站在那儿垂着双手，任凭对方咆哮殴打，没有任何自卫的表示。我忙跑过去制止这场闹剧，卡林却举起手，轻轻地推开了我。

这时候，那位发疯的邻居好像醒悟了，立即停手闪到门里，用力地关上了房门。人们七嘴八舌地议论开了，都替卡林愤愤不平，有的主张叫警察，有的叫卡林去法院起诉。卡林一句话也没说，神情十分安详地回到了住处。我劝卡林以后再不要管这种闲事，至少别像傻瓜似的站着忍受一切，弄不好会被人揍死的。卡林却说这种事他不能不管，"我就是这种天性。"他小声说，"好像这叫作天性吧？"

不幸的事终于发生了。一天，我刚从学校归来，就听到了卡林被送到急救医院的消息。我连忙往急救医院跑，不巧，卡林已被转到科学院，我又没命地奔往那里，在科学院的一间实验室里，我见到了卡林。只见他躺在一张类似手术台的桌子上，那双明亮、碧蓝的眼睛已失去了生命的光彩。桌旁的一个年轻男人正在俯身观察卡林的尸体。当这个人抬起头来时，我险些没有晕倒，他竟然和躺在桌子上的卡林一模一样！原来有两个卡林·巴甫洛夫，一个是我的房客，已经死去；另一个正手持螺丝刀，似乎要对我的房客施行什么法术。

半个小时后，我和这位活着的卡林·巴甫洛夫来到所长办公室。所长是个极幽默的人，他非常客气地接待了我。"彼特罗夫同志，我们对您非常抱歉。"所长说，"我们把一个机器人派到您家里去了。因为你们那个楼名声不好……"所长告诉我,派到我那儿去的卡林是试验性结构的机器人,该模型的原型就是活着的卡林·巴甫洛夫同志。巴甫洛夫是个天才的控制论和程序专家,对他的作品赋予了他性格中最优秀的特点,但却没有给予机器人防卫反应的能力。我知道,所长所谓的防卫反应是以牙还牙,以眼还眼,而对于一个机器人来说,是不允许使用暴力的。天才的控制论和程序专家巴甫洛夫认为,具有防卫反应的善良的人必然会受到暴力的影响,到一定的时候也就不再是善良的了;相反,没有防卫反应,善良是不会持久的,是没有生命力的。这是目前无法解决的一个矛盾问题。"您的房客想去制止一场街头的殴斗。"巴甫洛夫微笑着告诉我说,"他的脑袋被人砸碎了,胸部也被捅了一刀,晶体管全部失灵了。"

我的脑海里立即闪现出卡林来我们大楼后的种种情景,我说机器人为人们做了大量有益的工作。巴甫洛夫笑了,"您想建议我们给每个大楼都派去一个人工的卡林吗?"巴甫洛夫说,"要做到这一点,整个太阳系的能量都不够用。"所长认为人工的卡林只是一个理想的模型,他赞成生物学家和社会学家的看法:社会革命是不能由技术演变来取代的,它应该创造出自己的"模式"。"这不是坏事。"所长面带忧郁地说,"我们还有足够的生命力……"他的话还没讲完,门突然被推开了,住在三楼的那位教授的女儿闯了进来,她哭得像个泪人似的,两个眼珠子红红的,脸色都变了。"他在哪儿?卡林在哪?"她先是愣了一下,接着兴奋得喊叫起来,不顾一切地冲向前去,紧紧地搂住了科学家卡林·巴甫洛夫的脖子,不停地吻着他。"活着!啊,卡林……"我们都尴尬得说不出话来,巴甫洛夫更不知如何是好。自然,当了解到这三个月内爱上了谁之后,最感到难为情的还是那位教授的女儿。

半年之后,卡林·巴甫洛夫疏远了原先的女友,压倒了教授女儿原先的追求者,同她结了婚,充分显示出巴甫洛夫的生存能力和明显的防卫反应能力。又过半年,我通过了候补博士论文,当上了副教授。现在,我正在为博士论文的选题在苦苦思索。

往事复现机

〔苏联〕雷宾

　　四月太阳暴烈，很快就把春天潮湿的柏油路给烤干了。天气又热又闷。

　　六年级二班刚刚下课，阿辽沙一边走一边挥着书包吓唬人行道上的麻雀，快步往家里走。他衬衣上的纽扣一直解到腰上，红领巾歪到一边，衣服的背部翘了起来，像棘鲈鱼身上的刺一样，而他自己也像一条随时准备扎人的棘鲈鱼。

　　最近几天，阿辽沙遇到一些不顺心的事。他一会儿记错了日子，把上课的书带错了；一会儿班上最好的运动员根卡不跟他玩了；一会儿伙伴们不要他参加足球队……就是眼前，阿辽沙急急忙忙回家的时候，路上突然出现了一只黑猫，猫从一扇门下面钻了出来，一心想横穿大路。

　　"往哪儿跑？"阿辽沙对着猫挥起了书包，但是已经晚了，猫箭也似的从阿辽沙的脚下窜了过去。阿辽沙本想用书包向它掷去，但转念一想：得赶紧回家，今天不干，更待何时！这是个大好机会。父亲出差了，母亲要很晚才下班，哥哥去参观科技作品展览了。"今天不干，更待何时！"——阿辽沙又想了一下。

　　这一天他已经等了一个月了，他早就想试验一下神秘的"往事复现机"的效果。这个机器是哥哥安德烈发明的，他是工科大学学生，为了这个往事复现机，他苦心钻研了半年，废寝忘食，人瘦了，眼都凹进去了，但终于大功告成。这机器可以根据试验者的意愿，在特制的荧光屏上映出过去生活的任何一个时期。为此，只需要把一张普通的按有指纹的纸片放进一个专门的槽里，用冲动器对准自己的脸，转换时间选择器……就请欣赏屏幕上的自己吧！看你五、六年、十年前是个什么样子，或者去年，或者上星期……真是一部最新奇的机器！安德烈以前也发明过各种各样有趣的东西，但那些都比不上这个往事复现机。

阿辽沙接连几天都在注意观察，哥哥把图纸和工具摆满了整个屋子，一会儿焊，一会儿切，一会儿接。他甚至还帮安德烈做些事。但倒霉的是，一个月前，试验机器的那天，安德烈把弟弟赶出了房间，自己锁在里面，不管阿辽沙怎么哭着请求给他看往事复现机，安德烈总是不答应。过了半小时，哥哥出来了。样子颇难为情，甚至有点儿悲伤。

"怎么样？不灵吗？"阿辽沙小心翼翼地问道，一边竭力想通过半掩着的门看清机器。

"灵，而且灵得很呢！"

"那为什么不高兴？"

"这有什么可高兴的？"

"嗯，因为搞成功了高兴呀。所有科学家在发明了什么或者发现了什么的时候，总是兴高采烈的。"

哥哥什么也没回答，于是阿辽沙拿定主意，无论如何要亲自试验一下这个新鲜玩意儿。说不定机器会告诉阿辽沙，为什么他总是不顺心。

……门很久没有打开。门上的锁终于咔嚓一响，阿辽沙跑进了前屋，书包飞到衣架下面，皮鞋飞到屋角里，衣服飞到椅子上，快！快！明天就晚了，往事复现机可能要拿去展览。

"对，钥匙就在这儿的什么地方。"阿辽沙一边回想，一边在小餐具橱柜下面的抽屉里到处找。"啊，这不是钥匙吗！"

安德烈自从发明了往事复现机，便把自己的屋子上了锁，不让外人进来。这"外人"头一个指的就是阿辽沙。但是，阿辽沙有一次偷偷地看见了安德烈放钥匙的地方，所以现在他进哥哥的屋子不费吹灰之力。

屋里又暗又凉，有一点点光线透过暗色的窗帘，照在一个大胶合板匣子里的各种零件上。屋角的桌子上，同书柜并排放着往事复现机，样子很像电视机。只是操纵板上有比普通电视机多得多的各种按钮、各种转换器和转换开关。

阿辽沙怯生生地从各方面仔细察看了机器，坐到桌子旁边，开始看操纵板上的字。

弄清往事复现机的操作过程原来并不那么难。他拿来一张干净纸，把放在桌上的一支画笔在墨汁罐里蘸了一下，把墨汁涂在手指尖上，然后把每根指头按在这张纸上，就留下凸起的指纹。现在把这张纸放在槽里。槽子在哪儿？啊，找到了。阿辽沙接通了电源，把冲动器的小孔对准脸，开始转动"往事"转换器。

转换器很难操纵。

"噢，往事的时间越长，越难转换……"阿辽沙猜对了。"好，扭一下……行了，再也扭不动了。"

往事时间的指示器停在"8"字上——也就是8岁。阿辽沙无论怎么用力把指示器往下调一些，都毫无结果，力气不够。

"那就算了吧。"他说，"就从8岁开始吧……"于是按了"屏幕"的电钮。

机器里什么东西低沉地咔嚓响了一声，屏幕上立刻现出难解的电波。电波逐渐扩大振幅，屏幕上突然出现了房间的图像：桌子、门边的小柜、沙发、墙上的壁毯……啊呀！这不是他们的卧室吗！

屋角沙发上厚棉被下面躺着阿辽沙，他眼睛闭着，两颊泛出不健康的红晕，额头上盖着一块毛茸茸的白毛巾……旁边坐着妈妈，手里拿着体温表。她那泪汪汪的疲惫不堪的眼睛透过黑蓝色的窗户注视着什么地方。台灯射出来的不太亮的灯光从夜的黑暗中突出了妈妈的手——一双瘦骨嶙嶙的、饱受风霜的手……这幅情景使阿辽沙吃了一惊。

"嘿，安德烈，真是好样的！亏他真想得出来！"

另一幅画面：阿辽沙已经好些了，他在屋子里跑来跑去，和小猫菲里卡玩。

但这时，屏幕上的阿辽沙警觉起来，愣了一下，就很快向沙发扑去，钻到被窝里。妈妈走进屋来，嘴里说着什么，一边给他把体温表放在腋下，一边指着课本……

"噢，是在教训我，要我读书……"

妈妈走开了，屏幕上的小男孩在懒洋洋地翻书……那是什么？又是语法规则！这些规则真烦死人……

又是一个镜头：书飞到地板上，阿辽沙警惕地看了看门，把体温表从被子里面取出来……把它放到装着热茶的玻璃杯里。戏法变成了！妈妈忧心忡忡地在屋里跑来跑去，把通风小窗关上，又给儿子加一床被子，看看他嘴里，摸摸他的喉咙。体温又升高了！真糟糕！

"竟有这种事！"阿辽沙看着屏幕发呆。"未必真有这种事？我不记得了……"

阿辽沙试图转换一下"往事"转换器，可是不行。

"时间继电器！"他想起来了。"图像将按照程序延续整整10分钟……不管你想不想看，不看也不行。"

10分钟终于过去了。阿辽沙抓起转换器，把它倒转——现在不需要费特别大的劲——把指示器定在"12"这个数字上。12岁，他还是五年级学生的时候……

屏幕上是冬天，森林里一片白雪，一群小伙伴在滑雪，身穿运动衫，背上带有号码……

"这是在上体育课。"阿辽沙回想起了。"滑雪越野赛跑两公里，记时的……"

小男孩们一个接着一个排成队，像链条似的，小姑娘们站在一旁——她们暂时是"啦啦队"。滑雪运动员依次出发，一个，二个，三个……轮到阿辽沙了，小旗子一挥，阿辽沙起滑了……快，快，快！但是滑雪板却好像硬往后拖（因为他懒，没有上油），不过阿辽沙还是拼命往前冲，下坡，上坡，在榛林后面转弯……阿辽沙落后了，再过一会儿，他大概就会在规定时间内跑完。但发生了什么事？阿辽沙突然停了下来，东张西望，没有发现附近有同学，他离开滑雪道，向滑在前面的同学横插过去。他巧妙地骗过了他们——差不多插过去半公里！

这又是另一个场面：到达终点之后，愤怒的同学们围住了阿辽沙，向他叫喊着什么。气得最厉害的是根卡，班上的最佳滑雪能手，阿辽沙是怎样耍滑头第一个到达终点的?！……

阿辽沙闭上眼睛，不想看见下面的……

又是一个镜头：小男孩们沿着学校走廊向外面跑。阿辽沙手里拿着一个足球。

"这又是上体育课，只是在体育场上……是5月份的事。"阿辽沙回想着。

科里卡·契若夫（他们的守门员）追上了阿辽沙，并且在向他喊着什么。阿辽沙停住了脚步，不同意地摇着头。科里卡劝说着，挥动着手……

"嗳。"阿辽沙皱起眉头，"这是我对着他射门……"

"射门！"契若夫在走廊敞开着的门边跳来跳去地喊道。"喂，射门呀，怕什么！"

阿辽沙忍不住，把球放在地板上，跑了几步就……哗啦一声玻璃窗打破了，孩子们围着阿辽沙痛惜地喊"太不高明了！"玻璃的碎裂声和喊叫声混在一起。阿辽沙惊呆了，怎么会这样?！八步远的距离射这样的门……还射不进！

教务主任叶列娜·里沃夫娜已经匆匆走到阿辽沙跟前。

"这是契若夫硬要我踢的，就是那个淡黄头发的……"阿辽沙红着脸为自己辩解，"我本来不想踢。"

"叛徒！"气急败坏的科里卡吼叫着，"你自己踢偏了，笨蛋！还算我们校队的前锋……"

下一个镜头里现出了数学实验室。

"难道往事复现机连测验也记得吗?！"阿辽沙的眼睛里流露出了恐惧的神情。"这么一件小事……"

在前景上现出数学女教师安娜·彼得罗夫娜的苍白疲倦的面容，她给同学们讲课，不时地用手指点着黑板。黑板上写着几个大字："测验，两小时。"

又是一个镜头：阿辽沙在一张小纸片上急忙地演算，并把答案写在本子上，做完一道题，两道……似乎题做出来了……"快点，快点……"，阿辽沙催促自己。"还来得及看电视里的电影……"

"当时演的什么电影?《夏伯阳》? 也许是《我们来自喀琅施塔得》，不对，好像是系列片，惊险的……"

"完了，都做好了！"屏幕上的阿辽沙急急忙忙把试卷交给安娜·彼得罗夫娜。

女教师十分诧异，她怎么也没料到阿辽沙这样麻利。

"难道都做出来了？才做了一个钟头？……"

"就一个钟头！"小男孩愉快地点头。

"检查了没有?"

"检查了！"

本子放在桌子上，这时阿辽沙推开过路人，飞快地在街上往家里跑。第二天……想起来都觉得害羞！十五个错和用红笔画的一个又粗又大的两分！

又是一个镜头：屏幕上是安德烈。他手里拿着烙铁和电线。桌上放着一个不怎么好看的仪器……阿辽沙站在旁边，手里拿着一卷绝缘带。

"这是安德烈在修理扬声器。"阿辽沙回想起不久前搞无线电收音机的事，脸红了。那架收音机很久不响了，总的说是很旧了，但妈妈不知怎么还保存着，大概因为这是父亲送的礼物。妈妈曾不止一次叫安德烈修理这个收音机，他毕竟动手修了。哥哥用烙铁焊接好断了的接头后，让阿辽沙接通电源，阿辽沙接了，只是没把插头插到收音机电源插座里，而是插到普通电源插座里了……记得当时收音机里什么东西很吓人地叫了起来，从那时起它就毫无指望地不响了。

那么，阿辽沙是怎么搞错的呢？又是因为慌张吗？

阿辽沙已经不打算转换时间调节器了，他心不在焉地望着屏幕，想着自己的心事。他的情绪低落了，他看见的往事只使他惊奇了一会儿，现在他只感到不安和对自己的惋惜。然而，阿辽沙觉得这种不安和惋惜已经溜到一边去了，剩下的是他对自己的不满，对自己过去糊涂生活的不满……这几年他干了多少荒唐的事呀……由于他的性情不好，母亲、老师们、朋友们受了多少痛苦……阿辽沙苦笑了一下：这个往事复现机真坏，不给人看"好的"事情，……他也有过走运的时候呀！他得过五分；星期六义务劳动中他拾到的废钢铁比别人多，第一学季中他写过一篇好作文……为什么往事复现机尽回忆他的缺点？可能缺点多得连复现其他事情都不可能了！

"我自己倒想知道为什么我不走运。"阿辽沙突然想起来了，于是新的猜想使他十分吃惊："也就是说，往事复现机能看透思想？！在一定距离上！……对！正因为如此，所以，安德烈第一次试验了机器，走出自己屋子时那么难为情。往事复现机超过了他的计算，自作主张从过去的生活中录取了一些镜头。它能看透思想，并且加以选择！……"

阿辽沙关掉机器，一动不动地坐了几分钟。

"好了！够了！"阿辽沙拿定主意。应该自己担负起教育自己的任务！安德烈已经开始管自己，他不止一次说过。他开始干了起来，这就出了成果：往事复现机，展览会，要不了多久就会当上工程师……现在，安德烈的屋子里，朋友总是挤得满满的，妈妈也从来不生他的气……

阿辽沙关好哥哥的房门，走到自己桌前，拿出钢笔和一张纸。他久久地看着纸，终于在正中间工工整整地写出了：

《阿辽沙自我教育计划》

这时他停下笔，沉思起来。看了一眼自己丢得到处都是乱七八糟的东西，于是把《计划》放在一边，动手收拾起屋子来。

过了一个钟头。前屋的门铃叮叮一声响——妈妈下班回来了。像平时一样，她右手拎着一网袋食品，左手拿着报纸和手提包。

"我来帮你拿。"阿辽沙忙活起来。

"我自己能行，孩子。"妈妈进了前屋，想用手肘把门关上。

"我来，我来。"

阿辽沙把网袋拎进了厨房，并且把东西拿出来整整齐齐地摆好。

"面包还忘记买了……"

"我这就去跑一趟。然后我们一道来做晚饭，好吗？"

"好，阿辽沙。"妈妈凝视着儿子，"今天我有点儿认不出你来了……"

（根惠　译）

我，机器人

〔美国〕艾·阿西莫夫

引　言

机器人学三定律

第一定律——机器人不得伤害人，也不得见人受伤害而袖手旁观

第二定律——机器人应服从人的一切命令，但不得违反第一定律

第三定律——机器人应保护自身的安全，但不得违反第一、第二定律

引自《机器人学指南》第56版2058年

我用了好几天时间，在"美国机器人公司"进行了采访。

据人介绍，苏珊·卡尔文生于1982年，那么，她今年该有75岁了。也就是在她出生的那年，劳伦斯·罗伯逊创办了最非凡的"美国机器人公司"。

在苏珊·卡尔文20岁的时候，她见识了公司的艾尔弗雷德·兰宁博士专为计划在水星上开发矿藏而制造的第一个会说话的、能行走的机器人。从此，这个禀性孤僻、面色苍白、表情冷淡而且过分理智的姑娘，便暗暗地迷上了这一切。

她于2003年在哥伦比亚大学获得学士学位，进了控制论研究生班。她

于2008年获得哲学博士学位，然后以机器人心理学家的身份到"美国机器人公司"工作，于是她便成为这个新的科学领域中的首屈一指的专家。她目睹了50年来科技的迅猛发展，如今她就要退休了。

苏珊·卡尔文博士对我这次采访给予了一定的热情。她离开椅子站起来，她身材不高，看起来很单薄。我同她一起走到窗边，望着外面。公司的管理处和车间像一个规划得整整齐齐的小城市。触景生情，她向我提起了创业时的简陋，然后说："你看如今的规模！"

"50年够长的了。"我想不出比这句陈词滥调更好的话来。

"一点也不，当你回首往事的时候，"她反对道，"你会惊讶，时间怎么这么快就飞逝过去了。"

她重新坐到桌子旁边，我察觉，她变得有些忧郁起来。她讲起了机器人的历史，机器人的哲学……

我不被人察觉地操纵口袋中的袖珍录音机，把她的话都录了下来。

她接着向我讲起了机器人罗比以及一个小女孩，讲这些的时候，她的眼睛蒙上了一层云雾。我也不出声，以免妨碍她追忆往事。这是多么遥远的过去啊！

"罗比是个不会说话的哑机器人，它1996年出厂，那时机器人尚未成为极其专业化的，它是当作保姆出售的。"

一 罗 比

罗比以保姆的身份和8岁的小女孩格洛莉和谐愉快地玩耍着。赛跑的时候，格洛莉的小脚板当然赶不上罗比的大步，可是要到终点时，罗比猛然一下子放慢了速度，格洛莉喘着气拼命地从它身旁赶了过去，首先到达了终点，她高兴得不得了。罗比又把她举到空中转圈子，她觉得天旋地转，蓝天在脚下，而绿色的树梢倒挂在天上……等罗比把她放下时，她就用小手打罗比："你坏！我打你！"罗比缩起身子，用手捂着脸，她只好改口说道："我不打你了，现在轮到捉迷藏了。"

罗比点点头——一个平行六面体的头，四角圆滑。头与身躯之间用一个很短的软质器件连接着。身躯也是长方形的，但要比头大得多。罗比顺从地转过头去，把薄薄的金属片眼皮闭上，遮住了光电眼睛。过了一会儿，它就开始寻找格洛莉，当然，用不多久就会找到的。罗比不愿让格洛莉骑着它，格洛莉非得给它讲故事才行，罗比最爱听灰姑娘的故事啦。故事正讲到精彩处，威斯顿太太就喊女儿吃饭，妈妈可不喜欢机器人，态度可粗鲁了。失望的罗比只好独自呆着去了，而格洛莉却含着眼泪。

威斯顿太太很早就想把罗比赶走了，她不想把女儿托给机器人照管，尽管它是可靠的，但她还是不信任。只是丈夫一再坚持，才使罗比留下来两年多。不过，为此，他俩常常发生争吵。近来，威斯顿太太展开了全面攻势，软磨硬泡，深爱着妻子的威斯顿不得不做出让步。终于在一天，他带着抱歉的神色走近女儿，让她去参观村里的"十分精彩的"游艺会。她想和罗比一同去，可爸爸说游艺会不准机器人参加。等格洛莉回来时，妈妈送给她一只十分可爱十分乖气的小狗，格洛莉急忙去叫罗比，也让它高兴高兴。可是，罗比不见了！

"妈妈，罗比在哪儿呢？"

没有人回答。威斯顿咳嗽了一声，他忽然对天空飘过的云彩发生了极大的兴趣。格洛莉的声音颤抖着，她就要放声大哭了。

威斯顿太太坐了下来，亲热地把女儿拉到身边："别难过，格洛莉。我想，罗比走了。"当格洛莉弄明白罗比再也不回来了，终于放声大哭起来，一切劝慰都是不起作用的。"让她哭个够吧！"威斯顿太太对丈夫说，"小孩子的悲伤长不了，过几天她就会忘掉这部机器人的。"可是，时间证明威斯顿太太的断言是过于乐观了。自然，格洛莉已经不哭了，但是同时她也不笑了。她变得愈来愈不爱说话，整日愁眉不展。渐渐地，她那不幸的样子使威斯顿太太受不了啦。但是，威斯顿太太不愿做出让步，她决定改变一下女儿的环境，把格洛莉送往纽约。听到这个消息，格洛莉立刻好转起来，威斯顿太太庆幸起自己的胜利。

在去纽约的航班上，威斯顿太太不失时机地向女儿介绍城里的事情，希望能激起女儿更大的兴趣。这时格洛莉转过身来带着一种知道某种秘密的神秘表情对母亲说道："我知道我们为什么要到纽约去，到纽约去就是为了找到罗比，对吧？跟侦探一起找。"威斯顿太太惊得目瞪口呆。

纽约到了，威斯顿和太太要最大限度地使格洛莉开心。一个月的时间里，他们带女儿游玩了各种名胜。然而，格洛莉无论走到哪里，都会对附近的机器人流露出最强烈的兴趣。威斯顿和太太尽量避开一切机器人，可是在科学和工业博物馆，格洛莉却独自按照"参观会说话的机器人由此往前"的标牌的指引，走进展览厅。展览厅只有一个15岁左右的姑娘坐在那里观看机器人，这就是苏珊·卡尔文。

格洛莉开始小心地和机器人对话，她最主要的目的就是要这个会说话的机器人帮助寻找罗比。这可超出了这个机器人的能力，结果，致使忠于使命的机器人半打线圈烧毁。

威斯顿认为女儿这样迷恋罗比，是因为她把它当人看待，如果她把它当成机器，事情就好办了。于是他带领女儿参观了"美国机器人公司"，让她看到了机器人的装配过程。然而，就在这里，格洛莉意外地发现了罗比！

格洛莉呼喊着钻过防护栏杆，奔向罗比，威斯顿和太太以及管理人员都吓呆了。因为他们看到了激动的格洛莉所没看到的东西，一台巨型的自动拖拉机轰隆轰隆地正朝她开过来。

似乎一切都来不及了……

千钧一发之际，只有罗比迅速地行动起来，它迈开金属腿猛跨着大步，迎着它的小主人飞奔而来。说时迟，那时快，它一把抱起格洛莉闪向一边。

格洛莉得救了，她挣脱父母的拥抱，紧紧搂住罗比的脖子，无比幸福地俯在机器人耳朵上，兴奋地讲着许多傻话。罗比用它那铬钢铸造的、能将五厘米粗的钢条拧成蝴蝶结的手，温柔地抚摸着格洛莉，它的眼睛发出暗红的光芒。

"好吧。"威斯顿太太终于开口了，"就让罗比留在咱们家吧，直到铁锈把它锈坏的那一天为止。"

苏珊·卡尔文耸了耸肩膀："上面这一切发生在1998年。后来，机器人的反对派面对日益先进的机器人，再无法忍耐了，在2003年到2007年，大多数国家的政府，除了用于科学目的之外，禁止在地球上使用机器人。"

"这么说，格洛莉最后还是和罗比分手了？"我问。

"恐怕是这样。……当我在2007年进入'美国机器人公司'工作时，我们着手开辟地球以外的市场。派往水星的第二次考察队好像是在2015年。这是一次勘测性考察，经费是由'美国机器人公司'和'太阳矿业公司'资助的。考察队由格雷格·鲍威尔、迈克·多诺万和一部新型的机器人试验样机组成……"

二　环　舞

型号为SPD-13的机器人斯皮迪去采硒矿都5个多小时了，还没回来。鲍威尔和多诺万都很着急，他们来到水星上总共才12小时，就碰上这桩倒霉事。他们走进电台工作室，室内设备还是10年前第一批探险队带来的，已经有些陈旧了。多诺万已经用无线电和斯皮迪联系过了，可是毫无结果。在水星向阳的这一面，距离只要超过两英里，无线电就会失灵。多诺万根据收到的另一种信号，测定了斯皮迪正在围着27公里外的硒矿湖绕圈子，并且在两小时内已经绕了4圈，好像还要不停地绕着湖转下去。

鲍威尔清楚，只有光电池，才能使他们抵挡水星上非常强烈的太阳照射。然而光电元件全部损坏了。只有搞到硒原料才有救，而硒矿只有斯皮迪才能采到。要是它回不来，就不会有硒。没有硒，就做不了光电池。没有光电池，就会被慢慢地烤死——一种最难受的死法。

多诺万使劲地搔了几下他那棕红色的头发。他也知道，在水星的向阳面，他们最新式的宇宙服也只能耐受20分钟，至多还能延长5~10分钟，看来他们是不能亲自去找斯皮迪了。幸好，第一批探险队还留下来6个只有人骑着才能走的、会说简单语言的机器人。他俩好不容易才调试好其中的两个，然后穿好宇宙服，按照地图选择了一条出口离硒矿只有5公里、编号为13–a的地道，骑着只能匀速缓行的机器人钻了进去。走了好久，他们才走出地面，土壤上铺满无数雪一样洁白的结晶物质，射出强烈的白光。宇宙服上的滤光镜减弱了这种能照瞎眼的光线，同时，宇宙服也耐住了摄氏80度的高温。很快，他们就发现了远处的斯皮迪，这个黑点在雪白的结晶体背景上是很明显的。他们径直向斯皮迪走去，斯皮迪发现了他们，正朝这边走来。鲍威尔的无线电耳机里传来了它的歌谣声……可它突然又跑远了，像是在捉迷藏。它出了什么毛病吗？

鲍威尔突然问多诺万："当你派斯皮迪去采硒的时候，对它怎么说的？"

"我只是叫它去采硒来。我说，'斯皮迪，我们需要一点硒。你到某某地方能找到它，把它采来。'就是这些。"

"你没有说，这是非常重要的，急需的？"接着，鲍威尔从机器人学三定律进行了分析："当这三条定律彼此发生抵触时，电脑中的电势差便对行为起决定作用。当机器人走到对它有危险的地方，按照第三定律产生的电势就自动地强迫机器人离开那里。如果你命令它到危险的地方去，这时第二定律产生的反向电势会超过前一种电势，于是机器人就会冒着生命危险去完成你的命令。在机器人的设计中第三定律给定得特别严格，它逃离危险的意向就非常强烈；可是你漫不经心地让它去采硒，这样第二定律的电势就比较弱，在硒产地附近存在某种危险。机器人离硒产地越近，这种危险性就越大，直到产地某个距离，第三定律产生的电势就会升到与第二定律的电势达到平衡。"

多诺万激动得站起来："明白啦！形成了平衡。第三定律把它往回赶，而第二定律又命令它向前走……"

"于是它就围绕着硒产地兜圈子，留在那条平衡线上。"

"危险从哪里来？它逃避什么呢？"多诺万问。

"火山现象。产地边缘某些地方散发出水星深处的气体：硫酸气、碳酸气和一氧化碳，大量的一氧化碳在这种温度下加铁就会产生挥发性的羰基铁！而机器人主要是铁做的。危险就在这里。"

于是他们决定用增加危险性，提高第三定律电势的办法，来把斯皮迪往回赶。他们又返回基地取来几大瓶草酸，让笨拙的机器人把草酸瓶扔向800米开外的硒产地中心，这不仅是因为机器人的钢铁手臂力量大，而且主要是水星的引力很小。草酸瓶碎了，草酸受热马上分解出一氧化碳。然而，斯皮迪并没有被驱赶回来，只是沿着比原来更大一点的圈子转绕。怎么办？只有用第一定律打破这种平衡了。

鲍威尔不容分说，骑着笨拙的机器人走到离斯皮迪只有300米的地方，然后跳到覆盖着晶体的地上。现在，他只有两条路了：要么斯皮迪过来，要么是死。他忍耐着高温，呼唤着斯皮迪，而斯皮迪却开着玩笑站在那儿不动。这时，他骑着的机器人却在第一定律的电势驱使下走了过来。他在半昏迷状态下绝望地想躲开这不肯遗弃他的笨拙的机器人。当他感觉到自己的手被金属手指抓住时，他听到了斯皮迪关切的声音。他觉得自己被斯皮迪抱在了空中，又被托着飞跑，最后感到一阵高温的灼烤后，便失去了知觉。当他苏醒过来时，已在安全地带了，多诺万告诉他，斯皮迪在他的死命令下，只用了42分03秒就采回了硒矿。他们的这次水星之旅终于到了柳暗花明的时候，而现在，他们却想着到空间站去考察了。

三　推　理

"太阳站5号"的职员办公室里很静，除了从底下控制室传来强大的波束辐射器嗡嗡声之外，什么也听不见。

鲍威尔一个字一个字清楚地说道："一周前是我和多诺万把你装配起来的。"他皱着眉头，一边习惯性地捻着他那棕色的胡须。QT-1型机器人库蒂一动不动地坐着，它身上的钢甲在明亮的灯光照射下闪闪发光，它的光电眼睛凝视着坐在桌子对面的这位地球来客。库蒂是一种完全新型机器人的第一个试验样品，是专为空间站的过于炎热、太阳的射线和电子暴等妨碍人类工作的不利因素而设计的。然而它却是个怀疑论者，充满了好奇心，又有足够的聪明，它死活不承认是鲍威尔和多诺万装配了它。它认为"任何一种生物都不能创造比自己更优越的生物"，因为从某种程度上它就强于人类。

多诺万走过来，气得嗷嗷直骂："你这铁矿石的儿子，如果不是我们，那又是谁创造了你呢？"

"是主。主开始创造了型式最简单、最容易塑造的人。他又渐渐地用机器人来代替真人。最后，他创造了我，来取代剩下来的人的位置。我是主的代言人。"

"你是个疯子！"多诺万暴跳如雷，然而现在他没有太多的时间和它争辩，因为载运能源发往地球的波束正面临着肆虐的电子暴的强烈干扰，如果波束的精度只要有百分之一毫秒的偏差，它就会散焦，造成地球表面上成百平方公里的土地烧成灰烬。这种危险性不论是多诺万、鲍威尔，还是库蒂，都非常清楚。多诺万和鲍威尔走向控制室，然而库蒂却抢先代替了这两个地球人的位置，并且它还控制了其他 20 个机器人。此时，"机器人应服从人的一切命令"的第二定律已不起作用，两个地球人气得如果能接近机器人的话，恨不得把它毁掉。他俩束手无策，只好让出自己的位置，听天由命了。这时库蒂却转过身来温和地对他俩说："你们别难过，在主创造的世界中，每个人都有自己的位置。你们这些可怜的人们，也有自己的位置。尽管这个位置很平凡，但只要你们表现好一点，就会得到奖励。"两个地球人真是哭笑不得。

电子暴比预期的来得更早。多诺万平常绯红的面色变成死灰色，他抬起颤抖的手指。鲍威尔满脸胡子，嘴唇干裂，时不时地望望窗外，绝望地揪着胡子。高速电子流与波束相遇，爆发出很明亮的火花。波束看来是稳定的，可肉眼观察到的现象是不可信的。而那个不关心波束、聚焦和地球，除了它的主以外什么都不关心的机器人却正在控制室里遥控着波束。时间一小时一小时地过去了，两个地球人像被施了催眠术似的望着窗外。后来，在波束中乱窜的火花消失了，电子暴总算过去了。"完了！"鲍威尔垂头丧气地说道。

库蒂出现在他俩面前，把仪器记录递给鲍威尔。鲍威尔叫起来："它保持了波束的稳定！精度达到万分之一毫秒！"两个地球人惊讶不已。

"听我说，鲍威尔！"多诺万顿时醒悟过来，"它按照刻度表、仪器和图表来完成主的意志，这也正是我们所做的一切。事实上这也就是它拒绝服从我们的原因。服从命令属于第二定律，而保护人不受伤害这是第一定律。它知道它做得能比我们好，所以它不让我们进入控制室。根据机器人学第三定律就必然会产生这种结果。"

"看来，这种机器人是能够控制空间站的。只是不能再让它继续散布这种关于主的胡说八道。"鲍威尔无力地微笑着说。

四 捉 兔 记

从"太阳站5号"回来6个月之后，鲍威尔和多诺万又投入到了DV-5型成组机器人的野外试验。这个型号的机器人适合于小行星的矿井，1个机器人当领班，带着6个由它指挥的辅助机器人，就像人的手指头是人的一部分一样，领班通过正电子场发号施令。

鲍威尔和多诺万带着叫戴夫的机器人领班和它的6个"手指头"来到小行星上。可是，鲍威尔和多诺万一不在跟前，机器人就采不出矿来，现在已经欠产1000来吨啦。对戴夫进行了各种测试和询问，也没得出什么结果。鲍威尔决定在矿井里安一个监视器，他得意地说："在着手治疗之前，应当确诊是什么病。而要想做焖兔肉的话，就得先捉住兔子。"

监视器这头的屏幕上，机器人正排成操练队形，以戴夫为首的7个机器人，行走和转动十分整齐。它们变换着队形，那魔影般轻盈的动作，像军事训练，又像艺术体操。这哪里是采矿呀！鲍威尔和多诺万不到矿里，机器人立即停止了舞蹈。鲍威尔质问戴夫："刚才你在干什么呢？"戴夫却摇着头说："不知道。有一阵我正在清理一个非常难办的出矿口，接着就什么也记不清了。"

"怪了！它准在撒谎，它们在怠工！"鲍威尔这样想着。然后他就"提审"了1个"手指"。结果表明，机器人都是在某种危急情况即将发生时才出现混乱的。好，鲍威尔要亲自制造一次塌方，亲自看看机器人是怎样在危急情况下"翩翩起舞"不干活儿的。

鲍威尔和多诺万下到矿井，用雷管枪击倒了离正在采矿的机器人不远处的石柱，随着轰然的塌方声，这两个地球人被埋在矿井里。机器人能按第一定律来救他们吗？可能早已吓跑了。他俩吃力地搬开一块大石头，有一丝光亮透了进来，看来有逃命的希望了。他俩一点一点将窟窿弄大，还没等爬出来，就看见那几个机器人在远处舞蹈着，没有采矿，也没有来营救他们的意思。这些机器人，连第一定律都不顾了。鲍威尔细心地观察着、思考着。忽然他向多诺万要过雷管枪，朝其中1个辅助机器人连开3枪，这个"手指"应声倒地。这时，情况发生了根本性的变化：一切都归于正常！

多诺万纳闷，这是怎么回事呢？鲍威尔解释道："我断定戴夫的问题出在控制个人主动精神的电路上。一般状况下，它不用过多地注意它的6个'手指'；而在紧急情况下，就需要立刻同时调动6个机器人，这时，有些方面就支持不住了。任何一种能使它减轻紧张程度的因素，比如说，有人到来，超能使它恢复正常。我报销掉1个辅助机器人，戴夫只需要指挥5个，这样对它的主动精神的要求降低了，它也就恢复了正常……至于它们为什么列队跳舞——也许是因为戴夫在神经不正常思维一片混乱的时候，出现的指挥异常吧。"

苏珊·卡尔文在讲到鲍威尔和多诺万时，毫无笑容，口气淡漠。而每当她提起机器人时，语调就很亲切。她没用多少时间就讲了斯皮迪、库蒂和戴夫等的故事。我打断了她的话，否则，她还会给我再列举出半打机器人的名字。

我问道："在地球上没有发生过什么事情吗？"

她微微皱起眉头看着我说："没有，在地球上很少让机器人行动。"

"哦，那就太遗憾了。我的意思是说，你们的野外工程师很不简单。但是，在地球上的工作难道就太平无事吗？"

"你是说关于设计方面的问题吧！"卡尔文的眼睛发亮了，"这倒是一件动人心弦的事，我马上就讲给你听……"

五　讲假话的家伙

"美国机器人公司"无意之中制造出了1个能猜透人心思的RB型机器

人——赫比。但它还没有出厂，只有兰宁博士、数学家皮特·勃格特、公司最年轻的领导成员米尔顿·阿希和卡尔文知道这一秘密。他们要搞清楚究竟是哪道工序出了差错，才弄拙成巧，出了个如此"先进"的作品。

　　卡尔文走进了赫比的房间，不过，她是或多或少地带着某种个人目的来的。她貌不出众，并且已经是38岁的人了，她想知道35岁的阿希对她的看法。赫比当然看透了她的心思，毫不隐晦地说："米尔顿·阿希他爱您。"卡尔文沉默不语，然后突然抬起头来说："去年夏天，一个漂亮的姑娘来找他，他整天在她面前百般讨好，总给她讲怎样制造机器人。当然，她半点不懂，她仅仅知道乘法表而已。她是谁？"赫比毫不犹豫地回答道："那是他的表妹。您放心，这里不存在什么罗曼蒂克的关系。阿希重视内心的美，重视别人的才智，他不是那种只追求女人的打扮和长相的人。"苏珊·卡尔文几乎像一个少女一样轻盈地站起来，用双手抓住赫比沉重冰冷的手，激动地连连道谢。由此，卡尔文注重起自己的形象来，涂口红，描眼圈，还擦粉，这引起了勃格特和阿希的议论，勃格特戏言说："可能她爱上了谁。"不过勃格特倒没有更多的心思注意这个，他的数学难题正搅得他焦头烂额。阿希建议他去问问赫比。据卡尔文说，赫比可是个数学奇才。当勃格特拿着写满方程式的纸片找到赫比时，赫比说："看不出错误来。"勃格特问："你也提不出更多的东西吧？"赫比说："我哪里敢呢。您是个数学家，比我强。"勃格特洋洋得意地笑了，接着他吞吞吐吐地说："顺便问一句，……"赫比知道他要问什么，兰宁已经快70岁了，并且当厂长也将近30年了，他是否该考虑他的继承者问题了呢？赫比告诉勃格特，兰宁已经提出辞职，并且将来的厂长就是他——勃格特。勃格特甚是兴奋，他盼的正是这个。由此，勃格特便不把兰宁放在眼里，把兰宁气个半死。

　　也就是勃格特向兰宁宣布未来的厂长将由他接替的同一天，米尔顿·阿希也向苏珊·卡尔文宣布，他要结婚了，新娘就是去年夏天来找他的那个女孩！犹如五雷轰顶，卡尔文几乎昏过去，她极力掩饰着内心的情感，推说自己有头痛病。当她对周围的事物略微恢复一点知觉后，她找到了赫比。赫比像被刺痛了，又像在辩解，它的声音充满了惶恐不安："这完全是一场梦，您不应该相信梦境。您将很快清醒地回到现实的世界，并会笑您自己。我告诉您，他是爱您的。但不是在这里！不是现在！这是个幻觉。"卡尔文根本不知道自己的神智是怎样恢复的。但是，她仿佛觉得从模模糊糊的幻境进入到阳光耀眼的世界，她似乎明白了什么。

这时，门外传来争吵声，卡尔文痉挛地攥起双拳，躲到屋角的窗边。勃格特和兰宁走到赫比身边，开始质问它辞职与继承的事。赫比除了支支吾吾，就是沉默，总之，它是不愿得罪任何一方。它体内的深部，金属横膈膜轻微地发出杂乱的声响。勃格特和兰宁互相怒视着，目光中充满了敌意。

突然，苏珊·卡尔文在角落里发出一阵刺耳的，几乎是歇斯底里的大笑，两个男人被吓了一跳。勃格特的眼睛眯成了一条缝："您在这里！这有什么好笑的?"卡尔文的声调很不自然："没什么好笑的，只因为我并非是唯一的上当受骗者。3个全世界最著名的机器人专家，在同样一个最简单的问题上上了当，这多么富有讽刺意味呀?!"然后，卡尔文从机器人学最基本的第一定律，揭开了这个谜。机器人赫比不愿伤害人，所以就投其所好地给人以满足他们心思的回答。对于勃格特和兰宁的同时质问，它不能伤害任何一方，所以保持沉默。对于勃格特的数学难题，它不想给出演算结果，否则怕伤害了数学家的自尊心。心理学家卡尔文转向赫比，用沉闷单调的声音慢慢地对它说：

"你不能把答案告诉他们，因为那样就会伤害他们，而你不应该伤害人。但是，如果你不告诉他们，就是伤害他们，所以你又该告诉他们。而如果你告诉他们，你将伤害他们，所以你不应该这样做，你不能告诉他们；但是，如果你不告诉他们，你就是伤害他们，所以你应该告诉他们；

但是，……"

赫比面对着墙，扑通一声跪下了，它尖叫起来："别说啦！我告诉您，我的本意不是这样的，我想尽力帮助。我把您愿意听的话说给您听了，我应该这样做！"卡尔文继续着她的"绕口令"，赫比发出了刺耳的尖叫。这种声音犹如增强了数倍的短笛的尖叫，这是一种垂死的灵魂的哀号。当这种声音消失时，赫比摔倒在地，变成了没有生命的一堆烂铁。兰宁在这堆曾叫作赫比的东西旁边跪下，用手碰了碰不能作出反应的金属脸孔，然后站起来抓住木然呆立的勃格特的手："这无所谓……走吧，皮特！"苏珊·卡尔文博士部分地恢复了内心的平衡，她长时间地看着"赫比"，她的思绪纷乱如麻，带着无限的苦楚，从嘴里吐出了一句话："讲假话的家伙！"

自然，事情就这样结束了。我知道，从她的嘴里不可能听到更多的东西了。她坐在自己的写字台后，正沉湎在对往事的回忆里，脸色苍白，毫无表情。

我说："卡尔文博士，谢谢您！"而她并没有回答。两天之后，我又和她见面了。

六　捉拿机器人

当我再一次遇见苏珊·卡尔文时，她恰好在自己的办公室门口，正从她的办公室往外搬档案资料。我们向休息室走去。

我不失时机地问："卡尔文博士，不知您能否再跟我讲一些机器人的故事？关于星际旅行的。自从超原子发动机发明以来，已有20年的历史，而且人们都知道这是机器人发明的，实际是怎么回事？"

"星际旅行？"她沉思起来，"这不是一项机器人的简单的发明。我第一次直接接触到星际探索是在2029年。当时，1个机器人失踪了……"

苏珊·卡尔文和皮特·勃格特专程飞抵第27号小行星群超级基地。这里的负责人柯尔纳少将告诉他们，一个根据特殊需要未将第一定律后半部分"不得见人受伤害而袖手旁观"输入程序、秘密制造的NS-2型机器人混入了运经此处的62个同类型机器人之中。这个被称为第十号内斯特的机器人，是在它的主人物理学家布莱克带着咒骂声的最严厉的命令下离开岗位的。现在谁也不能运用更高一级的指挥权来把这个"离开"的命令抵消掉，并且也无法从这63个一模一样的机器人中把它区分开来。这也就是两位高级专家此行的目的所在。

苏珊·卡尔文花了五个小时讯问这63个机器人，毫无结果。她突然想到，只有第十号内斯特不具备第一定律的后半部分，那么使一个人在63个机器人面前处于受伤害的境地，不就什么都解决了吗？再简单不过的问题了。然而事实并不简单。在第二号放射大楼的第三层的拱形大厅里，63个NS-2型机器人都各自坐在特制的小隔间里。有个人一动不动地坐在椅子里。一件重物坠落了，很快向这个人砸下去。在最后一刹那，用同步的方法使一根铁棍突然有力地一击，把重物打到一边。就在重物被改变方向之前的一刹那间，63个机器人都向前冲去。发现那个人没有危险了，又都返了回去。这样的实验做了十次，这样的结局就发生了十次。

第十号内斯特在伪装！很明显，高智能的它识破了卡尔文的企图，它在逃避。

一计不行再施一计。卡尔文决定在受危险的人与机器人之间安装上能电死机器人的高压电线。为不把机器人真的电死，只要安装一个继电器就行了，当机器人压上去时，继电器就会切断电源。当然，安继电器的事不能让机器人知道。在这种情况下，第十号内斯特将会留在原位。因为没有人命令它去救人，面对高压电线，它将按第三定律保护自己，而其他机器人将按"不得见人受伤害而袖手旁观"的定律驱使下去营救处于危险的人。当天晚上就如此这般地做了。令卡尔文博士怒不可遏，也是无法解释的是：63个机器人谁也没动！

卡尔文博士又开始挨个讯问这些机器人，而这些机器人都说，虽然有人遇到危险，但还没来得及救起他，自己就被电死，这种做法不值得。作为心理学家的卡尔文觉得其中有诈，不相信普通机器人会把第三定律看得比第一定律还重。最后终于从这些机器人口中调查出，这是一个机器人告诉其他机器人这样说的。问是哪个机器人？回答是："其中的一个。"活把人气死。

柯尔纳、勃格特和卡尔文为此而争吵不休，各执己见。一周以来，超级基地的所有正常工作几乎都停顿下来，全力以赴要把这个异常的机器人揪出来。在布莱克再一次和卡尔文谈话时，卡尔文获得了一个重要线索：布莱克曾传授给第十号内斯特一些辐射物理学方面的知识。

卡尔文感到自己无法经受这第三次严峻的考验，于是，现在由勃格特来问机器人，而她则坐在一旁。勃格特把一个机器人单独叫出小隔间，告诉它，一会儿在它面前，这个叫卡尔文的博士可能会遇到某种危险，问它是否会尽力去营救，得到的回答是"会的"。勃格特又说："不幸的是，在卡尔文和你之间，将会有个伽马辐射场。你知道伽马辐射场是什么吗？"这个机器人说："不知道。"勃格特告诉它："伽马辐射场中的射线会把你立刻杀死。自然喽，你是不愿把自己毁掉的。"

勃格特用同样的话同63个机器人逐个交谈了一遍，然后又都单独把它们带进各自的小隔间，避免它们相互接触。没有异常现象。

接着，像前两次试验那样，卡尔文坐在椅子里，一件重物坠向她；在最后一刹那，一根同步铁棍突然把重物打到一边。

这时，只有一个机器人蓦地站立起来，向前走了两步！……但它又站住了。

卡尔文却站了起来，用手严厉地指着这个机器人："第十号内斯特，到这里来，到——这——里——来！"

最后证实，这果然是要找的第十号内斯特。

柯尔纳少将钦佩地看着卡尔文，有些不理解其中的奥妙。卡尔文说："我们事先警告每个机器人，在我和它们之间的伽马射线会把它们杀死——如果真是伽马射线的话。按照上一次试验时第十号内斯特提出的逻辑，它们都不会动地方。而事实上，我用的不是伽马射线，而是红外线，一种绝对无害的热辐射。第十号内斯特根据布莱克以前传授给它的知识，它感知了这是红外线，并知道红外线是无害的，于是它开始冲出来。因为它认为，其他的机器人在第一定律的作用下也会这样做。然而其他机器人根本辨别不出辐射类型。当它意识到这一点的时候，已经晚了。就是这样。"

卡尔文和勃格特踏上了飞往地球的飞船。至于被识别出来的第十号内斯特和其他几个被取消了第一定律后半部分的机器人，都被销毁了，以免它们酿成什么差错。

苏珊·卡尔文又向我讲了两个机器人的故事，然后她站起来："我看到这一切是如何开始的——当时可怜的机器人还不会说话呢。以后将会发展成什么样子，我是看不到了。我快不行了。今后的发展你们会看到的。"

以后，我就再没有见到苏珊·卡尔文。一个月以前她去世了。

（田苇　编写）

钢　窟

〔美国〕艾·阿西莫夫

纽约警察局高级探员里捷·巴利被局长召了去。

"3天前，一个太空人被谋杀了，被害者是罗捷·尼明奴·沙尔敦博士。"局长对刚刚坐下的巴利说，"是用死光枪射杀的。太空人断定，这是地球人干的。"

"怎么可能是地球人干的呢?"巴利异常惊讶。

"完全可能。"局长盯着巴利说，"我们地球人有谁会喜欢太空人呢?!由于太空人的出现，300年来，我们一直被制约在纽约这个特大的钢罩中，像生活在一个巨型的钢窟窿里。我们被迫离开了农村，告别了城市，失去了大自然，看不见阳光，感受不到凉风和雨水，呼吸的是人造空气，只能吃各种人造肉食品，住的是向太空发展的、越来越密的超高层住宅，这些还不够吗!而太空人呢，他们都是一家人住一间房子，房子之间留有空地。一看到这些现实，大家怎么能不怀念过去呢?"

局长是个具有浓厚怀旧情绪的人，他把墙壁改成了传统风格的透明窗子，他的眼镜3天前在太空城摔碎以后，又新配了一副传统型眼镜，他从来不戴现代的隐形眼镜。

巴利不明白，局长为什么要把这样一个重要的案子交给他。局长像看出了他的心思，继续说：

"我所以选中你，有两个理由。我们既是好朋友，也曾是大学的同学，这是个机会，我希望你能趁机晋升为六级或者七级探员；再有，我需要你帮个忙。"

"帮忙?"巴利有些迷惑不解。

"是的。在这个案子的调查中，将安排太空机器人但尼尔·奥利华与你合作，并且还要秘密地住在你家中。"

一提起太空机器人，巴利就难以接受。这不仅因为他的父亲以及他的伙伴巴列特都被机器人取代了职位，而且因为这次办案如果有个差错，他自己，甚至整个警察局都要被机器人所顶替。他清楚地知道，太空人的祖先与自己的祖先最早都是地球人，后来一部分人移居到了外星球，经过几千年的优化，他们不但身材高大了，而且科学水平也远远超过了地球人。

但不管怎样，巴利还是同意了局长的安排，他不能不从大局出发，并且他也不是个怀旧主义者。

巴利踏上快速运输带在纽约市区匆匆运行，向着太空城进发。几千年前，纽约还和其他地方一样，不过是一片露天的建筑物，人口也只有1000万；而今，这座已有3个世纪历史、不过2000平方公里的巨型钢窟，人口已超过2000万。这座钢铁都市有着最现代化的科学布局：一切都是自动控制，机器人为人们提供各种服务；各个部门之间都由"快速道路"沟通着，形成了一整套的新型文化和最先进、最有效的社会结构。但是人口越来越多，恐怕有一天，这座超负荷运行的巨型钢窟会完全瘫痪。

到了终点，巴利又换乘另一条快速运输带——全市唯一通向太空城的通道。太空城在纽约市的范围内，但它并不归纽约管辖。太空人在太空城与纽约市之间设置了一道肉眼看不见，又无法通过的"力障"，如果不用特殊的仪器——"消力器"解除，是无法逾越的。

巴利到了太空城的入口处，接受了严格的身份盘查和身体检查，然后进了太空城。

他马上就找到了与地球人根本看不出区别的机器人但尼尔·奥利华。但尼尔的言行、容貌、皮肤都和地球人一样，他的证件上也没有像其他机器人那样印有"机"字，而且还是个高级探员。看来，这个机器人确实比顶替巴列特的机·森美那类没有性格程序的普通机器人先进多了。

巴利和机器人但尼尔乘电脑车回到纽约市的一条大街。一群地球人正在一家商店前鼓噪，"力障"把人们阻隔在外面。

原来是这家商店用机器人顶替地球人店员，遭到地球人的反对，声讨机器人的叫骂声一阵高似一阵。

巴利和但尼尔要制止这场骚乱，他俩挤过人群，使用官方配给的"消力器"，把"力门"打开一条缝，走过了"力障"。

"经理，请马上把'力门'打开！"但尼尔大声命令经理。

"是，警官先生。不过——"经理犹豫了一下，"政府要对本店由此蒙受的损失负责。"

"力门"打开了，聚集在门外的人们蜂拥而入。

"站住！谁再向前一步，我就打死谁！"这时，但尼尔已飞快地跳上柜台顶端，平端着死光枪对众人吼道，"我这支死光枪比身边这位警官的枪威力要大得多，不信你们就等着瞧吧！"

人们面对着但尼尔的枪，鸦雀无声，然后都悄悄地散去了。

巴利训责但尼尔不该拿死光枪威胁人类。但尼尔说："我是不会开枪的，我只不过是吓唬他们，我们机器人法规中的第一条就是不得伤害人类。"

"如果刚才他们认出你是机器人……"巴利瞪了但尼尔一眼，脸上怒气未消。

"不会的，他们根本认不出来。"

"算了，别再争了。我现在只好把你带回家去，谢茜在等着呢。"

谢茜是巴利的爱人，全名"谢茜贝尔"。他们已经在一起美满地生活了18年，如今他们的儿子班德利也已经16岁了。

巴利领着但尼尔来到他住的公寓，在公共浴室门口，但尼尔说他手脏了，要进去洗手，说着就伸出了他肤色粉红，显得很健康的手，这手简直与真人的毫无区别。

等他俩从浴室出来时，谢茜已在门口等着了。她和班德利都没认出但尼尔是机器人，待谢茜和班德利都出去后，巴利便和但尼尔秘密地分析起案情来，没想到，但尼尔比巴利掌握的情报还多。

"让我们先分析一下此案的背景。"但尼尔说，"在最初建立太空城时，太空人以为你们会欢迎这个新型社会的到来。你知道，在太空的星球里，有许多人类与机器人结合的社会，它们都收到了很好的效果。即使这里发生了骚乱，太空人仍然认为这只是一种误解罢了。太空人相信，建立一个现代化和健康的地球，对谁都好，包括太空人自己。作为研究机器人学的沙尔敦博士认为，现在是了解地球人的时候了，太空人必须离开太空城，和地球人打成一片。"

"这绝不可能！太空人不是整天担心怕染上地球人的疾病吗，谁敢冒这个险？"巴利连连摇头。

"说得对。正因为沙尔敦博士早就预见到这一点，才计划用机器人完成这项工作。我就是这样一个机器人。博士花了一年心血，才完成了这种高智能机器人的研制工作，我是他的第一个作品。不幸的是，博士突然死去，我就必须提前工作了。也为博士生前推行的C/Fe做点事情。"

"C／Fe？什么意思？"

"C是碳，是人类生命的基础；Fe是铁，是机器人的生命基础；C／Fe用来表示一种新文化——人类与机器人相结合的碳铁文化。"

"正因为如此，那些怀旧主义者怕他成功，就杀了他。"巴利说，"那么地球人是怎样携带着死光枪出入戒备森严的太空城的呢？"

"我提醒你，此案不是一次盲目的出击，而是精心策划的，是非常案件，专打薄弱之处。"

"有证据吗？"巴利进一步问。

"有。大约在谋杀案发生时，你们的局长就在现场，当然这是巧合。过去，恩特贝局长一直给博士帮忙，博士需要他协助把我这样的机器人送进纽约市里。他们曾约定，就在出事那天的早晨商量这件事。博士的死，使这一合作计划被迫中断了。"但尼尔很有些遗憾。这时他突然转向门口：

"外面有人！"

门开了，是谢茜站在那儿。她脸色苍白地盯着但尼尔，突然来了一句：

"我看你是机器人。"

"是的，你没说错。"但尼尔坦然地承认。但是它心里还是感到惊讶，莫非谢茜有超常的眼力？

晚上休息时，巴利也问妻子：

"你是怎么认出但尼尔是机器人的？你出门时并没认出来呀。"

"外面传闻可多啦，公共浴室的姑娘们也说，有个太空机器人混进了纽约市，跟我们一模一样，还和警方在一起破案，她们问我是不是，我支吾着赶紧走开了。"

巴利感到事情有些不妙，如果谢茜说的是真的，那么工作就不好开展了。他决定先和但尼尔一起到太空城去。

第二天一早，他就到局长那告别，离开局长办公室时，巴利发现局长精神不大好。他心想，局长这是怎么了？大概是遇到什么难题了吧。

巴利和但尼尔来到太空城，首先接受防疫淋浴，巴利惊奇发现但尼尔跟人完全一样，长着所有的器官。

然后巴利带上消过毒的衣服和警具，又验过血，通过一条拱道时，死光枪被自动封闭在旁边一个洞内。

巴利走在自然的阳光和空气里，但他还是感到不适应，眼睛被阳光刺得流出了泪水。这时一个太空人迎了上来：

"欢迎您！我是法斯杜尔菲博士，请到这儿来。"

巴利和但尼尔被领进太空城的圆顶屋。法斯杜尔菲博士接着说："我是太空城方面负责调查沙尔敦博士一案的，如果需要我帮助，请不要客气。"

巴利看着眼前这个额头布满皱纹、秃顶、大耳朵的高个子太空人，心里想，他可别是个机器人。前几天他在局长那儿看太空人照片时，就曾把沙尔敦当成了但尼尔。

"谢谢您，博士。"巴利开门见山地说，"我请求现在就让恩特贝局长在立体电视传真电话里参加我们的会议。"

很快，局长出现在荧屏上。

"好！现在开始。各位，我已经揭开了沙尔敦博士的死亡之谜！"巴利出人意料地说道。

一听这话，荧屏上的局长跳了起来，抓住飞起来的眼镜，跟着涨红了脸，却没说话，又坐了下来。

"凶手是谁？"法斯杜尔菲博士忙问。

"不，根本没有凶手。沙尔敦博士根本就没被谋杀，他还活着，并且就在我们面前。"巴利说着，很自信地指了指但尼尔。

"巴利，你弄错了，我亲眼看到了沙尔敦博士的尸体。"荧屏中的局长舒了口气，连连摇头。

"不！局长，你当时上前仔细看了吗？别忘了，你的眼镜被摔碎，这正好帮了他们的大忙。那尸体可能是机器人或者别的什么东西。"巴利猛然转过身来，对法斯杜尔菲博士说："您敢开棺验尸吗？"

"如果能够，我十分乐意，但我们的习惯通常是将死者火化掉。"博士盯住冷笑着的巴利，"请告诉我，您是怎么得出这个惊人的结论的？"

"这并不难，不管机器人怎样模仿人，都有细微的差别。"

"巴利，我不是说过吗，是为了让我到人类社会工作才这样设计……"但尼尔解释着。

"可是淋浴时我看到了你的私部，像这没用的零件，机器人会有吗？"巴利步步紧逼。

"巴利你很清楚，这样它才能与地球人长期混在一起，而不被发现。"博士解释说。

"那么机器人能用死光枪对准许多骚动的群众吗？它没装这个程序。"

"我认为它的目的是制止骚乱，避免伤人。它不是伤害而是在保护人类。"博士冷静地说。

巴利丝毫不让，他罗列了一大堆证据。

法斯杜尔菲博士的一切解释都显得无力，最后他说："为了弄清但尼尔到底是什么，让我们用事实来说话吧。"接着他向但尼尔下达了指令。

但尼尔点点头，解开袖口的扣子，露出一只与人类毫无区别的手臂，上面还长满汗毛。接着，它用另一只手按下这只手的中指，手臂的皮肤突然分为两半，里面没有血管和肌肉，只有钢制的关节、电线和电子仪器。

"巴利先生，还用继续检查吗？"博士问道。

巴利惊得目瞪口呆，晕了过去，等他清醒过来时，只剩下法斯杜尔菲博士在他身边了。他回忆起这场令他尴尬的争论，他意识到了问题的严重性，等待他的将是取消高级探员的级别以及一切优厚待遇。

他向坐在身边的博士道歉，博士语调亲切地说："我已经向纽约当局正式提出，请你继续办案。你是个很出色的警探，我希望你尽可能多地提供情况，以便我们更好地帮助你们，因为地球人需要我们的帮助。"

"这……可我不明白，地球人生活得挺好，干吗非要你们的帮助？"巴利不解地问。

"但是这种日子还能维持多久呢？喝水紧张，电力不足，燃料缺乏，人口膨胀；纽约正在衰亡，地球正在衰亡，不是吗？如果有一天这架'机器'停止转动，那将发生什么可怕的事呢？"

"这种事不会发生的。"巴利像是很有把握。

"有保障吗？我看没有。我们要帮助你们移民到太空里的星球上去，宇宙里有几千个星球可以供人类生存。"

"这是疯狂的想法，绝不可能。"

"这是最现实的想法，否则，你们将永远被困在钢铁都市里，随着这些钢窟的衰亡，最终将毁灭地球。因此，归根结底又回到人口问题上来了。"

"人口问题？"巴利不由得苦笑起来。

"是的。当然我们也面临着人口问题，不过不是人口过剩而是人口太少。你看我有多大？"

"60岁？"

"163岁！不像吗？在我们那个太空世界里，人口增长受到严格控制，孩子们在例行体检中，一旦发现不合格，马上就会被中止生命。"

"这太可怕了，我们这儿是生一个活一个，哪怕是白痴；因为谁也没权力让他们死掉。"

"所以我们才把机器人送到地球上来，使你们的城市经济失去平衡。"

"这哪里是帮助！"巴利睁大了眼睛，"正因为如此，才给我们的城市造成了一大批失业者和丧失级别的人。"

"这正是我们的目的，这样他们就会到外星球去。他们并没有失业，而是获得了新生。"

"我还是不大明白。"巴利说。

"当然，这仅仅是个遥远而美丽的梦。"博士站起身来，"对不起，谈话时间已超过了维持身体健康所允许的时限，告辞了。"

巴利回到纽约，但尼尔并没有忌恨他，大概是它没有这种情感程序吧，也随同巴利回到纽约。

巴利来到了局长办公室。一进屋，局长劈头就来了一句："今天你在太空城闹了场大笑话。"

"真对不起，局长。"巴利很是不好意思。

"这没关系，算你走运，博士原谅了你。"

接着，巴利向局长在Q27区要了一套两人住的寓所，因为关于机器人的消息已经传开了，他不想让全家都卷进去。

巴利回到自己的办公室，要了华盛顿的电话，要求立刻派机器人专家来纽约。这时但尼尔捧着一大叠怀旧主义者的名单来到巴利的办公桌前。

"但尼尔，你能用嘴吃东西吗?"巴利问。

"我是使用核能的，这你应该知道。"但尼尔看着巴利那神秘的眼色，又问道："是不是要装样子? 这没问题。只是别忘了从肚子里取出来就是了。"

"那好，今晚你陪我到饭堂吃饭。"

吃饭的时候，但尼尔发现有8个人在注视着他们，其中有6个不是上次在商店声讨机器人的人。

巴利知道，但尼尔的电脑记忆系统是不会搞错的。他也知道，如果现在有谁喊一声"机器人"，马上就会掀起一场骚乱。

走为上策，他俩急忙走出饭堂，踏上了一条最近的快速输送带。

那几个人跟了上来。

他俩不停地换乘输送带，好不容易才甩掉跟踪者。然后穿过一家叫威廉斯堡的电力厂，又拐了两条街，便到了他俩的新寓所。

第二天，巴利刚走进自己的办公室，恩特贝局长就派机器人森美把他叫了去。

"你怎么请华盛顿的吉利格尔博士来了?"局长问道。

"是的。他是个机器人专家，我需要背景情报。"

"什么背景情报? 这可是不智之举啊!"局长摇了摇头，"这案子，知道的人越少越好。"

"你是不是不让我见他?"巴利有些急躁。

"不，不。你负责这次调查的嘛。"局长突然话题一转，"它现在在哪儿? 那个但尼尔。"

"它还在档案室查阅资料，局长。"

巴利回到自己的办公室时，但尼尔告诉他，查出了两个跟踪他们的人。巴利接过卡片，看到其中一个是法兰西斯·克鲁萨，这个人曾制造过骚乱，是酵母厂的雇员。

"应该立即逮捕他们，或许能审问出什么。"

"不，但尼尔，等华盛顿的机器人专家来了再说，我们会有更缜密的行动方案。"

机器人专家吉利格尔博士来了之后，巴利就把他和但尼尔领到了一间密室。

"有一个问题，博士，假如一个人夜间走出钢城到郊野去，你认为这可能吗？"巴利问吉利格尔博士。

"除非是为了救全家性命，或是为了逃命什么的，才会这样铤而走险。这个问题与本案有关联吗？"博士说道。

"是的，博士。根据掌握的情报，我们推断：这个杀人犯必须在夜里离开城市，越过郊野，去独自作案。"

"我看这不可能。如果确实是这么回事，那一定是个心理变态的人。"

"那么假设他是个机器人呢？"

"巴利先生，你懂机器人的第一法律吗？"博士没有直接回答。

"我懂，可难道他们不会制造出违反第一法律程序的机器人吗？"巴利固执地反问。

"噢，天哪！要制造一个不受三条法律程序约束的机器人将是多么复杂的工程！巴利先生，制造这种超级电脑至少需要50年时间，这样是得不偿失的。"

"也就是说，现在的机器人绝不会违反第一法律？"

"除非在救护人类性命时，它才会杀死对手；不过，那就会烧毁电脑，完全报废的。"

"那么，如果他们造出一个机器人来。"巴利继续向博士提问，"就像一个真正的人，能瞒过你这位专家的眼睛吗？"

"哈哈！"博士笑了起来，"这怎么可能……"

博士的话突然停住了，他注意到了但尼尔的动作。

"天哪！难道你是……"博士用手摸了摸但尼尔的脸颊，很不情愿地问："你怎么会是个机器人？是外星球制造的？"

"是的，博士。现在让我们试验一下机器人的第二法律吧。一个探员绝不会放弃自己的死光枪，可是一个机器人就得服从人的命令。"巴利要过但尼尔的死光枪，"这个机器人就曾经用死光枪威吓过人群。"

"可我并没开枪。"但尼尔辩解道。

巴利继续自己的分析："凶杀案发生时，但尼尔也在现场，如果不是地球人携带武器去作案，那就可能是但尼尔藏起了武器。"

"那他会把武器藏在哪儿呢？"博士有些疑惑。

"那杀人的死光枪就藏在它的腹腔里。"巴利用手拍了拍但尼尔那装过饭食的肚子。

博士仔细地检测了但尼尔一番，然后肯定地说："它完全具备第一法律程序。巴利，请相信它吧。"

这时但尼尔把自己的枪递给了巴利："请你查看一下我的枪好了。"

巴利把枪打开一看，惊愕地叫了起来："空的！你是在拿空枪吓唬人群？"

"是的。请原谅，我一直没说，是因为不想让别人知道我用的是空枪。"

一向很自信的巴利又弄了一件尴尬的事情。看来，以机器人为侦破目标是错误的，还必须把疑点放到纽约来。旧疑点消失了，一个又一个的新问号又在巴利的头脑中出现了……

吃完饭，巴利和但尼尔来到局长办公室，他俩边谈论着边等着局长的到来。

但尼尔一直为谢茜能认出它是机器人而心存疑虑，此时它又提起这件事，它认为谢茜的某些行迹值得探究。

"这不可能。她是个善良的女人，从来不敢走出钢窟一步，你怎么敢……"巴利手拉住枪，怒视着但尼尔。

"想打死我吗？我并没指控她是凶犯，因为疑点没弄清，我认为你应该盘问她。"

巴利大发雷霆，但尼尔据理力争。

这时，门外机器人森美的声音打断了他俩的争论："巴利，有位叫谢茜的妇女要见你。"

谢茜进来后，紧紧抓住巴利的手，伤心地哭起来："我有话要对你说。"

因为局长随时都可能回来，于是他们叫了辆警车，来到了汽车道边。

"谢茜，直说吧，你犯罪啦？"巴利盯着谢茜。

"不，巴利，我没做任何坏事。"在巴利的安慰和鼓励下，谢茜稳了稳惊恐的心情，低声讲了起来，"有一批怀旧主义者，他们到处都是，总是谈论过去的好日子；他们经常说，我们的麻烦都是由于太空人和这钢窟造成的。我想，怀旧主义者也许是对的，后来我加入了他们的组织，常去开会。对不起，巴利，这事我一直瞒着你。"

"快告诉我，他们在哪儿开会？"

"就在这汽车道上集合，这是一个地区分支，有六七十人的样子。"

"他们都干些什么？杀过人吗？闹过乱子或毁坏过机器人吗？"巴利追问着。

"不，没有。他们不干坏事。只是他们说，将来有一天要毁掉纽约的所有机器人，再赶走太空人，他们正想着拿谁开刀呢。我一听这话，就想到了你们。"

巴利紧锁双眉，不住地点着头。谢茜还告诉他，酵母厂的克鲁萨是个怀旧主义者的头目。

巴利把谢茜和班德利妥善地安排后，就和但尼尔直奔酵母厂，找到了克鲁萨。

克鲁萨很不友好。

"我们认为，你是一个秘密组织的重要人物。"巴利咄咄逼人。

"有证据吗？警官先生。"克鲁萨冷笑道。

巴利没有回答他，让但尼尔把手搭在他肩上。

克鲁萨像触了电："你要干什么？别碰我！"

"这怎么啦，他也是警探呀。"

"不，他是他妈的机器人！"克鲁萨吼道。

"好聪明的小伙子。不过，我要问你，你们这些怀旧主义者到底要干什么？"巴利逼问道，然后示意但尼尔退出去。

"这很简单，要回到大自然、回到土地上去。"

"就那么简单？土地怎么养活这现有的80亿人？"

"当然得一点一点地减少人口。我承认我是不行了，可是，难道也让我们的孩子困死在这钢窟里吗？把大自然、空气和阳光还给他们吧。"克鲁萨挥动着双手说。

"这很难实现。把他们送到外星球不更好吗？"

"这太蠢了！我们有自己的家园，干吗要去开辟荒芜的外星球？"

这时，但尼尔推门进来，打断了他们的争吵："巴利，局里发现了一具尸体！是机器人森美。据说是被人故意毁坏了电子脑袋。"

"马上回局。克鲁萨，你在前边走，放聪明点。"

他们回到局里，吉利格尔博士也在那儿。恩特贝局长对巴利一通训斥后，让博士介绍情况。

"听我说，巴利。由于我对但尼尔这种高智能机器人产生了兴趣，就又留了下来。因为它和你在一起，我就四处找你，可'导向棍'出了毛病，把我引到了摄影室，于是发现了森美的残骸，它手上还握着a喷雾器。"

"怎么会握着a喷雾器？"巴利看着脸色苍白的局长问。

"这是事实。"局长叹了口气，"森美的死，一定是我们中的人干的，我们中的怨恨森美的人干的。"

"你这是什么意思?"巴利很反感地问。因为他对森美常常表现出敌意。

"巴利，你最后见到森美是什么时候?"

"12点半的样子。他安排我们到你这儿来。怎么，是审问吗?"

"这就证实了一个问题。"局长沉思着说，"曾被森美顶替了的巴列特今天来过。"

"不，局长，巴列特绝不会干这种事。"

"为什么不会? 森美抢了他的饭碗，他完全可以在下午那段时间里，把a喷雾器交给森美，让它一个小时后再用。"

"你根据什么说那喷雾器是巴列特给的?"

"这……"局长忽然说，"我查过记录，谢茜今天也来过。"

"是来过，但她来是私事，我要问，a喷雾器是从哪儿弄来的?"巴利冷冷地问。

"威廉斯堡发电厂。干吗要问这个?"

"没什么，没什么。"巴利若无其事地说。

局长站起来，踱着步沉思着，然后说:"暂时就到这儿吧。"

巴利在饭堂吃饭时，他又分析了森美的案情:巴列特虽有嫌疑，但他弄不到喷雾器。而喷雾器又来自威廉斯堡发电厂，我又恰恰路过那里，莫非我被怀疑上了。

"我可以证明你没有机会拿什么喷雾器。"但尼尔说道。

"没有用，机器人的证词是没用的。"巴利紧锁双眉，"有人制造了凶杀案想栽脏给我，我预感到了这一点;这说明我妨碍了谁，对这些人构成了威胁，我这么拼命去破案，对谁最有危险呢? 无疑是杀害沙尔敦博士的凶手。换句话说，要是破了案，我自己也就没危险了。"

"对不起，巴利。"但尼尔突然说，"有件事得马上告诉你，你必须另想办法来澄清自己。我刚刚接到太空人的指令,中止对沙尔敦博士一案的侦破工作;同时,他们计划明晨零点撤离太空城。"

巴利看看表,已经快到夜里10点了。他不明白,这到底是怎么回事呢?

"我们的计划已经难以实现了。"但尼尔说,"为了实现移民计划,我们采用了改变地球经济的办法,结果失败了;我们又把碳铁文化介绍给地球,可结果还是失败了。太空人越努力去做,你们的怀旧主义者就反对得越强烈……但是,太空人坚信,地球人最终会实现移民的。"

"你们就这么走了,可杀死太空人的凶手还逍遥法外,这会带来麻烦的……太空人不是在今夜零点撤离吗?而沙尔敦博士一案也同时结束?"巴利说。

"是这样的。"

巴利又看看表:"现在是22点半,还有一个半小时呢。但尼尔,那套谋杀现场的影片,我们必须看一遍。"

10分钟后,但尼尔把影片副本和放映机都送了来。正在这时,恩特贝局长出现在门口,把巴利和但尼尔叫到了他的办公室。

"巴利,你是什么时候去威廉斯堡电厂的?"局长摘下了眼镜问道。

"昨天下午6点钟吧。"

"你去那儿干吗?"

"只是在去公寓的时候路过罢了。"

"这讲不通,没有穿过发电厂去公寓的。"

"你是怀疑我去那儿偷喷雾器?但尼尔一直和我在一起,他……"

"他是一个机器人,是不能作证的,这你知道。"局长接着又问:"为什么今天下午谢茜到这儿来?"

"你已经问过了,我们是在谈家庭私事。"

"巴利,不过我从克鲁萨那得知,有个叫谢茜贝尔的女人,是反政府的怀旧主义组织的成员。"

"你是说克鲁萨指控谢茜贝尔是那组织的成员？"巴利紧盯着局长又问了一句："是'谢茜贝尔'吗？"

"是啊，我亲耳听到的嘛。"

"'谢茜贝尔'这名字已有10多年不用了，而她加入那个组织，是生了班德利以后，克鲁萨怎么会叫出这个名字？只有她的老熟人才知道。10多年前，只有你知道这个名字！"

"你疯啦，住嘴！"局长的脸由红变白，厉声叫了起来。

"你回答我，今天午饭后你去哪儿了？"

"是审问吗？"局长强作镇定地说。

"不愿说吗？我猜你是在威廉斯堡电厂！"

"你要干什么？"局长跳了起来，"巴利，你现在被开除啦！不，你被逮捕啦！"

他俩僵持起来，差点对枪。

"局长，应该让他把话说完。"但尼尔看着恩特贝那双惊恐的眼睛说，"我身上的通信系统一直与太空城联系着，法斯杜尔菲博士始终注视着案情的发展。"

局长听了这话，一下子瘫坐在椅子上。

"听我继续说吧，局长。你去发电厂拿到a喷雾器，又交给了森美，使它自杀。而后你利用了吉利格尔博士，让他去发现了尸体。"巴利开始揭露局长的阴谋。

"可我干吗要干这种事呢？"局长嘟囔道。

"因为森美知道杀那个太空人的方法，而凶手正是你！"巴利逼视着局长，"你错打了算盘，你所以派我办案，以为我永远不会怀疑，既是老同学又是上司的局长会是凶手；再说，你知道谢茜是地下组织成员，万一我找到破案线索，你也可以用这个来威胁我；还有，你清楚我父亲是由于被革职而伤心死的，知道我也怕被机器人顶替……怎么样？局长，我没说错吧？"

"我怎么会知道谢茜的事？"局长突然发疯似的对但尼尔说，"快向太空城报告，这是诬蔑！"

"你当然知道！你自己就是个怀旧主义者，而且是里面的重要人物。再有，关于但尼尔是机器人的传言，我一直感到困惑。一个机器人专家都难以辨认它，怎么谢茜一眼就看出来了？这无疑是地下组织传达的，可他们又怎么知道的呢？只有一个知道内情的人，就是你恩特贝！"巴利顿了顿，又说，"这使我想起那次商店的事件，那是你巧妙安排的，为的是让太空人了解地球人的反机器人情绪。"

"不！局里另有间谍，你妻子就是！"

"行了，局长，别再转移视线了，只有你才是最重要的嫌疑犯！"巴利看了看表，还有18分钟就到零点了，"我们现在说正题，谋杀案又是怎么发生的呢？太空人没有想到，正是由于碳铁文化的发展，一个地球人利用机器人来帮助作案。局长交给森美一支死光枪，让它夜里越过旷野，在太空城里的隐蔽处等他；而局长则大摇大摆地从入口处进了城，从森美手中取回死光枪，杀了博士以后，再让森美带着枪从原路返回。"

"巴利，你为什么要诋毁我？"局长的声调又高了起来。

巴利把放映机放在办公桌上，放起了谋杀现场的影片，屏幕上映出了沙尔敦博士居住的圆顶屋、被烧毁倒在地上的尸体……

"我想，局长不是个蓄意的杀人狂，我破案的线索不是别的，正是局长的近视眼，太空人没近视眼，他们想不到这儿。局长的眼镜是在谋杀动手前在慌乱中失手打碎的。"

巴利又看了看表，只剩10分钟了，他得抓紧时间。

"局长，你不是去谋杀沙尔敦博士，而是去杀机器人但尼尔。它和博士的长相不是一模一样吗？这是你早就策划好了的，你先同博士约好天亮见，而你却在天亮前到达。门开处，你见到了一个没睡觉的沙尔敦，于是就开了枪；因为你知道，只有机器人才不睡觉。事实上，博士肯定是忙于工作，过早地起了床……你溜掉以后，等天亮的时候就又转了回来。局长，你这计划可真是天衣无缝啊。"

"我并没……"恩特贝还要说什么。

"不必解释了。"巴利打断了他的话，"你结果没有杀死但尼尔，却杀死了沙尔敦博士。"

恩特贝用手捂住了脸，轻微地哆嗦着。

"我明白了。"巴利又打开放映机，指着重放的画面说，"你一紧张就要擦眼镜。在动手之前，你擦眼镜时由于手发抖，失手打碎了眼镜，瞧这门口边的碎玻璃！"巴利又指着画面上的尸体说："最大的不幸，就是但尼尔设计得和博士一模一样。但尼尔，请让太空城测出碎玻璃的度数，看是不是与局长的一样，这是破案的关键。"

这时，刚好零点，新的一天开始了。局长耷拉下了脑袋说："这是误杀，是误杀呀……"说着，他从椅子上滑了下来，失去了知觉。

巴利和但尼尔把他扶了起来，过了好一会儿他才苏醒过来。

"局长你听我说，太空人需要我们帮助，如果你……"巴利恳切地说。

"帮他们什么？"局长眼中有了新的希望。

"你必须让你的怀旧主义伙伴移民，去外星球寻找新的大自然，我相信你能做到。"

"可我杀了沙尔敦博士。"

"这也是博士的遗愿，能用他的牺牲换来这个目的的实现，我想博士的在天之灵也会满意的。"

"我干，我干。我愿意弥补由于误杀博士造成的巨大损失。"

"局长，至于森美的案子，就报个意外事故吧。除了我，没人知道真相。"

巴利说完，和但尼尔并肩走了出去。

（孙天纬　缩写）

他们那时候多有趣啊

〔美国〕艾·阿西莫夫

那天晚上，玛琪甚至把这件事记在自己的日记里了。在2155年5月17日这一页里她写道："今天，托米发现了一本真正的书！"

这是一本很旧的书。玛琪的爷爷有一次告诉过她，当他还是一个小孩子的时候，他的爷爷对他讲，曾经有那么一个时候，所有的故事都是印在纸上的。

他们翻着这本书，书页已经发黄，皱皱巴巴的。他们读到的字全都静立不动，不像通常他们在荧光屏上看到的那样，顺序移动，真是有趣极了，你说是不是？读到后面，再翻回来看前面的一页时，刚刚读过的那些字仍然停留在原地。

"呀！"托米说，"多浪费呀！我想，这样的书一读完，就得扔掉。我们的电视屏幕一定给我们看过一百万本书了，可它还能继续给我们许许多多别的书看，我可不会把它扔掉！"

"我也不会扔掉。"玛琪说。她只有11岁，读过的电视书不像托米读过的那样多。托米已经13岁了。

她问："你在哪儿找到这本书的？"

"在我们家。"他指了一下，可并没有抬起头，因为他正全神贯注地在看书。"在顶楼上。"他又说。

"书里写的什么？"

"学校。"

玛琪脸上露出鄙夷不屑的神情："学校？学校有什么好写的？我讨厌学校。"玛琪一向讨厌学校，可现在她比以往任何时候都更憎恶它。那个机器老师一次又一次给她做地理测验，她一次比一次答得糟，最后她的妈妈发愁地摇了摇头，把教学视察员找了来。

教学视察员是个身材矮小的胖子，脸红扑扑的，带着一整箱工具，还有测试仪和电线什么的。他对她笑了笑，递给她一个苹果，然后把机器教师拆开。玛琪暗暗希望，拆开以后，他就不知道怎样重新装上，可他却偏偏知道。过了一小时左右，机器老师已经重新装好，黑乎乎的，又大又丑，上面还带着一个很大的荧光屏。在这个荧光屏上，映出所有的课文，还没完没了地提出问题。这倒也无所谓，最令她痛恨的东西是那个槽口——她非得把作业和试卷塞进去的那个口子。她总是要用那种打孔文字把作业和答卷写出来。在她6岁的时候，他们就让她学会使用这种文字了。而那个机器老师便飞速地批出了分数。

视察员把机器调好以后，拍拍她的脑袋，笑着对她妈妈说："这不是小姑娘的错，琼斯太太。我认为是这个机器里的地理部分调得太快了些，这种事是常有的。我把它调慢了，已经适合于10岁年龄的孩子们的水平了。说实在的，她总的学习情况够令人满意了。"说着，他又拍了拍玛琪的脑袋。

玛琪失望极了，她本来希望他们会把这个机器老师拿走，他们有一次就把托米的机器老师搬走了将近一个月之久，因为历史那部分的装置完全显示不出图像来了。

所以她对托米说："怎么会有人写学校呢？"

托米用非常高傲的眼光瞧了她一眼："因为它不是我们这种类型的学

校，傻瓜。那是几百年前的那种老式学校。"接着他一字一顿说："几世纪前。"

玛琪很难过，"嗯，我不知道古时候有什么样的学校。"她从他肩膀后面看了一会儿那本书，开口说："不管怎么说，他们得有一个老师吧？"

"当然，他们有个老师，可不是我们这样的老师，是一个真人！"

"一个真人？真人怎么会是个老师呢？"

"是这样的，他只不过给孩子们讲讲课，留些作业，提提问题。"

"真人可没那么聪明。"

"当然聪明啦，我的爸爸就和我的机器老师知道得一样多。"

"不可能，真人不可能知道得和老师一样多。"

"我敢打赌，我爸爸知道得差不多和它一样多。"

玛琪不打算争吵下去，便说："我可不想让一个陌生人到我家来教我功课。"

托米尖声大笑，"你不知道的事太多了，玛琪。那些老师才不到你家里来上课呢。他们有一个专门的地方，所有的孩子们都到那儿去上学。"

"所有的孩子都学一样的功课吗？"

"那当然，如果他们的年龄一样的话。"

"可我妈妈说，一个老师是需要调整的，好适合他所教的每个男孩子和女孩子的智力。另外，对每个孩子的教法都应该是不同的。"

"他们那时候恰好不是那么做的，如果你不喜欢书里说的这些事，你就干脆别读这本书。"

"我没说我不喜欢。"玛琪急忙说，她很想知道那些有趣的学校是怎么回事。

他们还没看完一半，这时玛琪的妈妈喊了起来：

"玛琪！该上课了！"

玛琪抬起头来，"还没到时间呢，妈妈。"

"到了。"琼斯太太说，"托米差不多也快到了。"

玛琪对托米说："托米，下课以后我可以和你一起再读读这本书吗？"

"也许可以。"他冷冷地回答。然后，他吹着口哨走开了，胳膊底下挟着那本满是灰尘的旧书。

玛琪走进上课的地方，教室就在她卧室隔壁。机器老师的开关已经打开，正等着她。除了星期六和星期日，它每天总是在相同的时间开启的。因为妈妈说，假如小姑娘每天都按一定的时间学习，成绩会更好一些。

电视屏幕亮起来了，开口说："今天的算术课讲分数的加法，请把昨天的作业放进槽口。"

玛琪叹了口气，照它的话做了。她脑子里还在想着她爷爷的爷爷是个小孩子的时候，他们办的那种老式的学校。附近一带所有的孩子都到一处去上学，他们在校园里笑呀、喊呀，他们一起坐在课堂里上课；上完一天的课，就一块儿回家。他们学的功课都一样，这样，在做作业的时候，他们就可以互相帮助，有问题还可以互相讨论。

而他们的老师是真人……

机器老师正在屏幕上显现出这样的字："我们把 1／2 和 1／4 这两个分数加在一起——"

玛琪在想，在过去的日子里，那些孩子一定非常热爱他们的学校。她正在想，他们那时候多有趣啊！

（高萍　译）

危　机

〔美国〕杰克·威廉逊

　　在一个现代化的小市镇里，安特希尔经营了一家机器人公司，专为用户提供各种服务性的机器人。

　　有一天，外星球来了一大批机器人，竟在安特希尔那个市镇办起了一家"机器人研究制造公司"，并且到处大做广告。这家公司声称，该公司的机器人是最完美的高级精密机器人，能够绝对服从命令，提供充分令人满意的服务，并足以使人避免遭到任何损害。令人惊奇的是，该公司的服务人员全部是表面与人无异的机器人，但发布指令的最高中心却不知道在哪里。

　　安特希尔正为自己的机器人公司必须偿付银行贷款而忧虑，现在面临这家新一代现代化水平更高的机器人公司的挑战，更感到自己的小企业有被完全挤垮的危险。然而，他又想不出妙计来迅速扭转危局。

　　这天，安特希尔怀着愁闷的心情回家，在路上偶然看到有辆运货卡车正在卸货：只见一批批金属箱子从车上搬下来，而操作的工人竟也是那家"机器人研究制造公司"的新型机器人。安特希尔收住脚步，定睛朝一只只箱子看过去：一排排金属箱上面赫然写着——超星际运输公司"飞翼星座第四号行星→地球"。无疑，这是一个科学非常发达的大星座运来的货色。

突然，第一批开包的大金属箱里装的机器人，一个个跳了出来，立即开始干活。安特希尔正惊奇地观看着，这时从卡车后边猛地走过来一个皮肤发黑、面貌与人类一模一样的机器人。它先是上下打量着安特希尔，然后立即彬彬有礼地用银铃般的声音说起话来：

"安特希尔先生，您有什么吩咐吗？"

安特希尔简直给吓傻了。一个从遥远的星球上来的机器人，刚开包就叫得出自己的姓名，真是不可思议。这样的机器人一定具有惊人的精密装置，肯定比安特希尔的机器人高级万倍。安特希尔顾不得回答，吓得拔脚就跑。

他溜进了一家酒店。刚喝了一杯酒，还没有排遣开烦恼的思绪，就发现，这家酒店的服务员竟然也被这种机器人所代替了。一想到自己的公司就要因此而破产，他就再也没有心思借酒浇愁了。有什么办法呢？一天之间，他已经被从未见过的特高级机器人包围了。前景大为不妙。

安特希尔的经济境况本来不算太好，这一来，前途就更不堪设想了。他怀着惴惴不安的心情，拖着沉重的脚步往家里走去。真不知道回家后该怎么对妻子奥洛拉讲才好。

刚走到家门口，就见心爱的女儿兴致勃勃地跑上前来。

"爸爸，您猜猜，咱们家今天有什么新闻？"

安特希尔见到女儿，心情稍微愉快了些。他一把抱起女儿，用双手把她高高举起，又慈爱地吻了她一下。没等安特希尔回答，女儿就把那桩新闻告诉了他。

"妈妈把阁楼租给了一位新房客。"

安特希尔深深知道，近来奥洛拉很为他担心，生怕他还不出银行的贷款，还一直忧虑着他付不出大批零配件的贷款和女儿音乐课的学费。每天回家，他都担心奥洛拉会没完没了地向他诉苦。今天来了新房客，奥洛拉的唠叨大概可以放在一边了。这倒是不幸中的大幸。

安特希尔如释重负，走进了自己的家。进屋一看，奥洛拉不知到哪儿去了，只有他们的电子机器人在准备晚饭，把刀叉、杯盘弄得叮当作响。

他喊了一声"奥洛拉"，听到答话，才知道她在汽车库上面的阁楼外边整理被单和毛巾之类的东西。

"亲爱的，你现在反对也没有用了。"奥洛拉语气坚决地说，一点讨价还价的余地也没有。"史雷奇先生人很好，我已经答应他，爱住多久就住多久。"

"好吧，我不反对就是了。"安特希尔一想到自己暗淡的经济前景，就把反对出租的心思丢开了。"只要他先预付些房租就行了。"

"现在可不行！史雷奇先生是个科学家，他答应一拿到专利费，就把租金加倍付给我们。"

这可是从来没有的事！

于是，奥洛拉解释了一下。安特希尔才明白，这位新房客原来是她在路上救回的、半路晕倒的病老头，非但没有钱付房金，而且她还先代他付了医药费。这可得好好了解一下。

因此，安特希尔顾不得更衣休息，就同史雷奇先生面谈起来。奥洛拉没有说错，这老头看来颇有些学问。不仅安特希尔这个内行的电子专家的本门业务他知道，而且谈到一种新兴的科学——铑磁学理论，安特希尔竟一无所知。更叫人惊异的是，史雷奇先生直言不讳地说，他是从飞翼星座来的。

这一惊非同小可。不过，安特希尔想要从老人身上打卉新型机器人大批涌来的秘密，也就决心暂时把他收留下来。再说，史雷奇先生说得有根有据，足以证明他确实已经申请到了专利权。看来房租大概是不成问题了。

史雷奇先生还告诉他，"铑磁学原理的应用价值很大，我申请的基本专利权包括星际通讯、远距离无线送电、超光速飞行和新型核裂变电站等等。不过，我目前所做的研究工作还得保密。"

真是海外奇谈。但安特希尔还是很有礼貌地请史雷奇先生同他一家一起用晚餐。

吃饭的时候，安特希尔的电子机器人捧着一盘热气腾腾的菜汤走了上来，无意中将汤泼出来一点。史雷奇先生不由向后一缩，免得被汤烫痛。于是，奥洛拉就朝安特希尔埋怨了一句："亲爱的，你们公司干嘛不生产一些高级的理想机器人呢？它们应该像活人一样才好！"

奥洛拉的话无意中触到了安特希尔的痛处。他绷着脸，一声不吭，只顾想着今天下午见到的那种威胁他前途的机器人。

不料，这时史雷奇老头却突然开腔了：

"安特希尔太太，理想的、像真人一样的机器人已经有了。"史雷奇先生语气严肃而又心情沉重地说，"但是，有了这种机器人却不一定是好事。我设法逃避它们、制止它们，已经有50年了。"

安特希尔大吃一惊，马上抬起头问道：

"你说的是飞翼星座的那种像活人一样皮肤微黑、面貌一模一样的机器人吗？"

一听到飞翼星座来的、像活人一样的机器人，史雷奇老头立即面如土色，惊恐万状。

过了一会儿，老头才缓过气来。

"很抱歉，安特希尔太太。"他不安地说，"我到这里来就是为了逃避这批机器人。我原打算在它们来到地球这个偏僻的小镇之前，完成我的研制工作，以解救全人类。看来，我现在的时间更紧迫了，得马上动手干，不然就要大难临头。"

原来，那些皮肤微黑的高级人形机器人就是史雷奇先生发明的，他还为那些机器人的最高控制中心制定了电脑指令："服从命令，为人类服务，保证人类不受伤害。"然而，没有料到，这种各方面比人强的高级机器人在为人类服务时包办一切，并用一切措施剥夺人类的一切权利。为了避免使人类受到"伤害"，一根针、一把小刀也不准人去碰，甚至连小孩的铁制工具、玩具和武器模型，也一律禁止使用和玩耍。飞翼星座最高控制中心操纵了宇宙，并大量不断制造出同类机器人派往各个星球，连有豁免权的发明人史雷奇先生，也因企图改变最高指令而被驱除出来。凡有违背机器人最高指令者，就被进行大脑手术，摘去那些人的所谓"不幸"的记忆和反抗能力。这样一来，凡是这类机器人大量涌到的地方，一般人先是欢迎机器人的高质量服务，然后就逐步被完全限制了自由。活人对社会的控制和各种人在社会上的职能全被机器人替代了，人类的理想和创造力遭到了扼杀。一个表面上尽善尽美的指令，被机械执行下去，竟变成了极端荒谬和不能容忍的灾难。如今，安特希尔所在的那个小市镇也面临了这一巨大的不幸。

安特希尔第一个本能地从他的商业利益角度感到严重的威胁，奥洛拉却仍然毫无所知。她看着安特希尔搀扶史雷奇老头回到阁楼，还感到史雷奇老头和安特希尔未免大惊小怪。

第二天，安特希尔一到公司就发现有人正在等他。一看，原来就是昨天主动招呼他的那个飞翼星座来的机器人。

"安特希尔先生，您好！"机器人十分有礼貌地说，"我们能不能向您解释一下怎样为您服务啊？"

安特希尔满肚子不高兴，随口反问一句：

"你怎么知道我的名字？"

"昨天我看到您公事包里的名片。"它很温和地回答。"您看，我们的感觉器官比人的感觉器官强多了。我们能够透视一切。以后您会习惯的。"

"我才不愿意习惯呢！"

"要知道，我们是根据铑磁学原理制造的。我们全都由一个电脑控制，这个控制中心在飞翼星座上，谁也破坏不了。"

"你要干什么?"一听到铑磁学,安特希尔吓了一跳,更加对史雷奇老头的话深信不疑,这时心头慌乱,不免感到恐惧。

"我们只要求您签个合同,交出您的财产。作为交换条件,我们会永远为您忠心服务。"

这是讹诈。然而机器人却很有逻辑分析能力,它给安特希尔分析了他这老式机器人公司的前景,告诉他银行接到它们的通知,即将向他索取贷款等等。飞翼星座机器人还说,它们已向市镇上各企业和家家户户派出了机器人,用事实证明人类没有必要自己照料自己,一切可以由它们取代。

安特希尔一筹莫展了,然而他心头充满了愤怒,砰地一声关上房门,撇下机器人拂然离去。他在大街上兜了一圈又一圈,结果还是到进货间去了。果然,一路上都是机器人在代替活人的工作,连送零配件到进货间的工作也由飞翼星座的机器人承担了。据说这是供给他这种零配件的工厂已经同机器人签了合同。再去营业部,情况大为不妙,退货堆积成山。他的职员说,用户都有了高级人形机器人了。安特希尔又到银行询问,也证实了刚才那个机器人所说的话。一夜之间,世道简直全变了。

安特希尔无奈,只得垂头丧气地回家。谁知,一到门口,房门竟自动开了。一个小小的高级人形的机器人突然来到他面前,打算替安特希尔拿帽子和大衣。

"你到我家来干什么?"安特希尔紧紧抓住帽子说。

"为您服务!"

安特希尔一听大怒,满脸通红地说:

"你给我滚出去!"

没料到那个小机器人竟然纹丝不动,用银铃般悦耳的声音说,"很抱歉,安特希尔太太已经同意接受服务了。要我走,得由她提出要求。"

安特希尔怒气冲冲地进了屋,直奔奥洛拉的房间。拉开房门一看,只见奥洛拉穿着薄纱长睡衣,美丽的头发卷得高高的,有生以来他还从未看到她这么漂亮过。奥洛拉平时劳累、愁苦的面容一扫而光了，如今容光焕发，喜气洋洋。

"你喜欢我这样打扮吗？"她兴冲冲地说。"机器人今天上午来了之后，替我打扫了房间、烧好饭，还替我做了头发，简直什么都会做，而且干得好极了。你知道，它还会教小女儿弹钢琴呢！"

安特希尔无话可说，他顺从地跟奥洛拉去吃晚饭。这一餐也是人形机器人做的，当然也是他从未尝过的美味了。于是，飞翼星座的机器人就在安特希尔家落了户。高级人形机器人不但能干家务，把安特希尔家打扫得一尘不染，干干净净，而且还会照顾小孩，会替奥洛拉梳妆打扮，更妙的是还能自动修理和翻盖房屋。然而，从此安特希尔一家就无事可做了，因为连开关房门、叠被铺床、穿衣吃饭都不许他们动手。更荒唐的是，安特希尔连替自己刮胡子的权利也被剥夺了，他要同奥洛拉或小女儿说句贴心话儿，也总免不了有个机器人影子跟着。总之，一切全给包办了，这哪里是高度现代化的享受，简直一家子全变成了活死人。

更不幸的是，安特希尔在各方面的压力下，终于顶不住，破产了。当他看到飞翼星座人形机器人把自己公司里的存货像垃圾一样运走时，心里说不出是个什么滋味。他惨淡经营起来的机器人公司倒闭了，他看到人形机器人开着推土机把整个公司夷成了平地，这时他真是伤心极了，不由得对飞翼星座的"入侵"产生了极大的愤慨。

他突然感到有必要去看看史雷奇老头。于是他趁人形机器人离开的一刹那，转身沿着房屋外边的扶梯走上了汽车间上的阁楼。说来也怪，自从机器人控制了全镇之后，他家的房屋全都用他从未见过的材料翻盖了，墙壁会自然发出晶莹的淡黄色光芒，而史雷奇老头的阁楼却安然无恙，一点也没动过。据说，史雷奇还享有最后一点"豁免权"，不受人形机器人的干扰。安特希尔走进阁楼，就看到桌子上放着许多亮晶晶、奇形怪状的仪器。史雷奇老头正在桌旁操作，好像正在装配着一架很复杂的机器。安特希尔发现，老头这几天又消瘦了，而且声音嘶哑，脸色发白，两眼凹陷了下去。

"你这两天身体不太好吧?"安特希尔问着史雷奇。

"身体还好，就是太忙了。"史雷奇用手指了指机器零件，简短地回答了一句，就不再开口了，只顾埋头工作。安特希尔不好意思多问，但一想到那批"入侵者"，他就不愿意离开这里。他喜欢这间阁楼里的一切，甚至天花板上的老式日光灯和地板上的破地毯，以及墙上的水渍和裂痕，这一切都使他产生一种对往日生活的怀恋和安适感。这里仿佛已经成了人类躲避飞翼星座机器人的避难所了。

然而，他知道，如今的局面是外松内紧，老头正在进行决定人类命运的斗争，只是他不太了解罢了。

"你正在干什么?"安特希尔试探地问道，"有什么是我可以帮忙干的吗?"

史雷奇老头看了他一眼，然后说:"这是最后一项研究工作。我想测定一下铑磁场的常数，然后设法搞出一架机器来干扰和破坏飞翼星座上那个高级电脑控制中心。让我来告诉你人形机器人的来历，不然你也帮不上忙。不过，你千万不能到外面去谈这些事，否则它们知道你参与企图制止它们执行最高指令，它们就会给你动大脑手术。干这一种勾当，它们可能干哩!"

"是啊，它们太能干啦!"安特希尔无可奈何地说。

"问题就是太能干了。"老头说。"60年前，我在一所理工学院教授原子物理学，那时我是个理想主义者，我对生活、战争和政治感到厌倦。我不相信人，我相信可以把科学技术完全机械地搬用到一切事物中去，而且只有这样才能创造出一个完美的世界。我发现，可以调节铑磁场辐射波来使重金属原子内部的能量释放出来。我的发明被几个国家利用了。更不幸的是，在一次试验中，某些科技人员无意中把一大堆含有重金属原子的矿石引爆了。爆炸的后果酿成了一场空前残酷的战争。劫后我就更加不相信人，我制造了一个机器人的社会，企图让它们在战争废墟上创造新的文明，从此消灭人类本性所有的邪恶和私欲，制止永无休止的争夺。没想到我又错了。人形机器人竟使人类失去了一切自由。"

"是的，我已经尝到你那些机器人的滋味了。"安特希尔苦笑了一下说。

"要不是有个刺客来行刺，我至今也不会醒悟过来。"史雷奇老头深深地叹了一口气，停住不说了。

夜幕降临，夜色越来越浓。老头高大的身材在凳子上移动了一下。接着，又是一声叹息。

"除了我的机器人，没有人可以接近电脑控制中心。但是，那个刺客驾驶装有反雷达设备的飞行器来到了我的孤岛。他降落在积雪的高山顶上，然后悄悄爬下山来，身上披着特制的稀有金属隐蔽网，逃过了机器人巡逻队的搜索和高级自动武器的火力，秘密潜入了我的办公室。我从来也没见过这样狂怒的目光。他向我大吼一声：'我要制止你的机器人胡作非为，我要解救被奴役的人类！'可惜，他那一枪没有打中，却暴露了他自己。机器人卫队立即把他抓去，进行了大脑手术。我这才意识到自己所造成的恶果。然而，此后我企图改变原定指令的种种努力都失败了，自己除了保存了一点豁免权外，也被迫离开了控制中心。现在，我要以新发明的这台机器来赎回我的罪孽。"

安特希尔看了看桌子上的机器，不无怀疑地问：

"这机器能行吗？"

"它们不懂这台机器的结构和原理，因此无法抵御它的威力。那些机器人善于应用已知的工具和各种知识，但是毫无创造性。你知道，我们可以通过分裂重原子来获得能量，也可以通过聚合氢原子获得能量。"

说到这儿，老头的语气突然变得坚决有力了。

"我这个装置能发射出一定频率的磁波波束，从而引起超远距离的原子反应。因此，我们可以从这儿发动攻击，把遥远星座海水里那种氢原子引爆，使它们发生剧变。这里的特异磁波波束一发射，那儿就会出现一片火海，那个可怕的电脑控制中心也就化为灰烬了。"

"这可太妙啦！请马上告诉我该干什么吧！"安特希尔兴奋地说。

史雷奇老头指了指桌上的机器说：

"立体装置已经完成。还需要继续干一下，把定向仪器装置准备好，以便确定那个星座四号行星的方位、距离，从而准确地发射波束。"史雷奇一边说一边把设计图纸指给安特希尔看，并指点他如何工作。

"我的工作间里原来有一部小型车床，还有小电钻和老虎钳，可以拿来用。"安特希尔告诉史雷奇老头。

"这些都用得上。"老头说，"但是你得提防着，不能让机器人发觉，否则连我的豁免权也会被剥夺。"

安特希尔蹑手蹑脚地走到地下室原来放工具、玩具的地方。然而翻造、扩建的地下室已经变了样：过道里不装灯，只靠墙壁本身发出的淡黄色荧光照明；各室的门也没有把手。安特希尔不知如何是好。

"您要干什么？"一个机器人突然冒出来问道。

"哦，没什么，顺便看看而已。"安特希尔不安地说。"这屋里有些什么？怎么全变了？"他指了指游戏室。

机器人用手一指，门就开了。屋子里竟什么也没有。

"你们那些运动器械和玩具都是金属制成的，有危险。我们拿掉了，不久就会重新为你们准备安全的机器和玩具。"

安特希尔不由得想起了奥洛拉和小女儿曾向他抱怨，说是机器人连甜食糖果也不准她们随便吃，怕的是吃多了会增加体重和酸性而减少寿命；小刀、陀螺、弹弓、滑雪板当然更不能留了。小女儿干脆连音乐也不愿学了，说是无论怎样努力也赶不上机器人，日后人们也不会爱听她的演奏。

这个道理安特希尔当然懂。机器人使人类变成了弱者，它不仅剥夺了人的一切自由，而且使人丧失了信心和兴趣。于是，安特希尔更急于马上协助史雷奇老头去完成那项重大的使命。

第二天，安特希尔在史雷奇老头的帮助下，用老头的一块奇异的金属，把工具间封存的、已拆成零件的工具悄悄运到了阁楼上，并立即动手干了起来。

日子一天天流逝过去，定向仪器装置成型了。然而，小镇却早已被机器人改造得面目全非，汽车间阁楼四周出现了一些奇怪的建筑，只见机器人无声无息不停地在活动。无疑，他们已经受到了严密的监视。

一天傍晚，史雷奇老头在成组的机器上忙碌了一阵之后，终于用嘶哑的声音发出了命令：

"准备好！"

安特希尔听得出，史雷奇老头激动得发抖了。他那双满是老茧的手在不停地调节着定向仪器装置的键钮。定向仪器装置上的示波管荧光屏里显示出表示遥远目标的亮斑。安特希尔认出了一些熟悉的天体。随着机器的运转，波束发射管也在缓慢移动。当示波管荧光屏上出现一组类三角形的亮斑时，史雷奇老头就开始调节一组微调键钮。于是那三个亮斑的距离就逐渐分开，接着在大亮斑旁边又出现几个小亮点，其中一个慢慢亮了起来，移到了荧光屏的中央。

"飞翼星座四号！"史雷奇老头激动地喊了一声。"看准了！注意窗外对面屋顶上的机器人，发现它们不动了就马上告诉我！"

安特希尔顺从地向外察看那些机器人的活动。时间一分一秒地流逝过去，他好像能听到自己的心脏在怦怦地剧烈跳动，外面的机器人照常在活动，毫无反应。

"它们停下来没有？"老头用颤抖而又嘶哑的声音说。

"还没有呢！"

"那我们失败了。很危险!"史雷奇老头说,语气既沮丧又紧张。

突然,锁着的房门砰地一声被打开了。一个飞翼星座人形机器人闯了进来。

"愿意为您服务,史雷奇先生。"仍旧是那种银铃般的声音。

一看到机器人,史雷奇老头眼睛里就冒出怒火。

"给我滚出去!……"

但是,机器人非但不理不睬,相反径直跳到桌边,一下子就把定向仪器装置的键钮关上了。示波管闪动了一下,荧光屏立即暗了下去。

"你想破坏最高指令,我们不得不加以干涉!"机器人冷冰冰地说。

老头陡然变色,一下子就从高凳上跌了下来。

机器人无动于衷,根本不上去扶他,相反用同样冰冷的口气说:

"告诉你吧,我们早已从刺客那张稀有金属隐蔽网上了解到秘密。你这个新发明——核聚变激发波束已经不能对我们那个星座上的电脑控制中心发挥作用了。我们目前的传感器比你当初设计的要先进得多。"它慢吞吞地继续说,"因此,我们早就知道了你的全部计划。只是因为我们想了解你新发明的理论和方法,我们才故意让你完成这个装置。如今我们有了你这个发明,也就获得了无穷的能源,这样,我们就能永远为人类服务,而且要把服务扩大到整个宇宙,嘿嘿!"

倒在地上的史雷奇老头,呼吸越来越困难了。

"快,快去请医生来!"安特希尔愤怒地朝机器人大喊一声。

一群机器人仿佛听到命令一样,冲进房间,立即把史雷奇老头抬走了。然而有一个机器人没有走,并且从此像影子一样盯上了安特希尔,寸步不离地为他"服务"。

后来,安特希尔被允许去探望史雷奇老头。

一见面,史雷奇老头就高兴地向他打招呼:

"您好,安特希尔先生,我很高兴,它们把我的头疼病治好啦!"

安特希尔很奇怪，他从来没听说史雷奇老头有头疼毛病。

"史雷奇先生脑后有个肿瘤。这个肿瘤使他产生错觉和幻觉。现在切除了，他的错觉和幻觉也就消失了。"

安特希尔根本不相信。他盯了机器人一眼，问道：

"史雷奇先生有什么幻觉？"

"他以为自己是个科学家。"机器人解释说，"荒谬地认为机器人是他发明创造的，胆敢非法地反对最高指令。"

卧在病床上的史雷奇老头大吃一惊。

"真的吗？我从来没这样想过，不论这些机器人是谁发明的，反正它们全都非常能干。您同意吗，安特希尔先生？"老头笑了，那样子就像个天真的孩子。

安特希尔默默地走出了医院，坐进了机器人指定的汽车。他望着身边形影不离的机器人，心里在想，"这是多么完美的机器啊！然而，这恐怕也是人类所创造的最后一代机器了。看来，它们要永远控制人类了。"想到这里，安特希尔心里不由得打了个寒噤。

（陈渊　译）

机器人俾斯麦

〔美国〕席勒弗伯格

卡迈克一家四口人都长得相当富态，他们真希望能掉那么几磅肉，减轻点体重。凑巧，这时马修机器人商店正在削价40%销售一种机器侍者。这种机器人不但能下厨烹调，端菜送饭，还装有可以调解的食物热量摄取监视设备，能有效地帮助人减肥。

卡迈克很希望使唤一个这样的机器人，用它的小眼睛来监视一家人的腰围尺寸。他赶到商店一问，机器人要价2995克拉第，一想到自己那点银行存款，他又有点犹豫。可是一想到妻子那副体态，和没完没了吵着要节食的女儿，他咬了咬牙还是决定买下来。于是他就和推销员讨价还价一番，最后欣然在定货单上签了字。他望着商店里那个漂亮的机器侍者，心里一阵兴奋，这回，他不但在公司别的董事来他家吃饭时，不会再因老机器侍者的破旧而感到寒酸，而且还能夸耀一番它的特殊功能，他甚至仿佛感到身上的一大块脂肪已经在融化。

晚上，机器人商店一个红脸膛的伙计鲁滨孙把机器侍者送来了。他专门为马修商店负责这一地段的机器人运送和维修。

"我把它包得严严实实，深怕它冻坏了。它有好些灵敏娇嫩的线路装置，有这么个机器人真值得您骄傲。"鲁滨逊说。

鲁滨逊把说明书递给卡迈克，边指点边讲解说："这儿是食谱储存器，可以把你们家爱吃的食品名称存进去。"

"还有那个特殊装置呢？"

"你是说减轻体重的控制设备吧？就在这儿。你只要存入全家的姓名、体重和希望将来保持的体重，机器侍者全都会包下来：计算食物热量呀，调配食谱呀，所有的一切。"

卡迈克朝妻子一笑，说："我说过要为我们的体重想点办法，现在不用操心了。"

整整一个晚上，卡迈克一家都在研究新买来的机器人。卡迈克列了一张表，把他们各自的体重写在上面：他本人 192 磅，妻子艾丝尔 145 磅，女儿梅拉 139 磅，儿子乔依 189 磅。表上还列出他们计划在三个月内想达到的体重目标，依次是 180 磅、125 磅、120 磅、175 磅。卡迈克让经常以通晓机器人工艺而自诩的儿子乔依把这些数字输入机器人的程序储存器。卡迈克很高兴，他看到全家人都非常喜欢这个新机器人，尽管它的价钱确实昂贵了点，但是这笔钱不会白花。

第二天早上，卡迈克充满信心地走进餐厅，艾丝尔和孩子们已在餐桌旁就坐。卡迈克刚坐下，机器侍者立刻递过来一块烤面包。卡迈克盯着那块孤零零的面包片，上面已替他抹好黄油，那层薄得要命的黄油显然是用千分尺测量过的。机器侍者又递上一杯清咖啡。卡迈克伸手去找糖和奶油，可是桌上什么也没有。

"我喜欢在咖啡里加糖和奶油，这些不是都记录在食谱储存器里了吗？"卡迈克问。

"我知道这些，阁下，可是如果您想减轻体重，就得学会喝清咖啡。"机器侍者用低沉圆润的男低音回答。

卡迈克无可奈何地耸了耸肩。他咬了一口面包，又喝了一口咖啡，那味道简直像河底的淤泥。他看到身旁的乔依正艰难地吃着干麦片，就问他为什么不把麦片泡到牛奶里，那样吃起来不是更舒服点吗？乔依说，他要是把麦片泡到那杯奶里，俾斯麦就不会给他第二杯牛奶了。乔依十分得意自己给机器侍者起了这么个浑名，俾斯麦是19世纪日耳曼的大独裁者，这个名字送给机器侍者简直是妙极了。

卡迈克吃完饭正准备去公司上班，机器人突然跑过来递给他一张打印好的单子，上面写着：果汁、莴笋——西红柿沙拉、鸡蛋一个、清咖啡。机器侍者向迷惑不解的卡迈克解释说："这是午餐食谱，请务必遵守。"尽管卡迈克已经对昨晚还是那么神往的节食计划产生了反感，但他还是愿意尝试一下。

中午，卡迈克极力避开公司里的同事，竖起衣领溜进一家自动售货餐馆，他在自动售货键盘上打出自己的菜单，总共花了不到一克拉第。他狼吞虎咽地把这份饭一扫而光，虽然一点儿也不解饿，他还是强迫自己回到办公室。卡迈克不知道这种钢铁般的自我克制能坚持多久，但他心里明白肯定长不了，若是公司里有人发现他这个二级董事竟然会在廉价饭馆就餐，准会把他当作笑柄。

下午，饥肠辘辘的卡迈克下班回到家。原来每天下班回来的一杯鸡尾酒被机器侍者取消了，因为它的热量过高。晚餐是牛排豌豆，清咖啡。机器侍者收拾好饭桌刚退下，妻子儿女就向卡迈克诉起苦来。妻子说她在自己的家里被别人死死地管制起来了，女儿说她今天在家吃了三顿饭还是饿得肚子咕咕叫，儿子则扬言要去厨房弄一块馅饼。卡迈克极力劝说大家给机器侍者一个尝试的机会，不过对于儿子弄点馅饼来他倒有些动心，其实他自己也正饿得够呛。他装出很勉强的样子，对儿子说："吃一块小馅饼大概不至于毁掉我们的节食计划吧。说实在的，我自己也想来一点。你去……""请原谅。"一个冷冰冰的声音打断了他的话，卡迈克吓了一跳，说话的是机器人俾斯麦，"您现在若是吃了馅饼，事情就会变得非常不妙，我的计算是十分精确的。"卡迈克只好轻声地叹了口气，对儿子说："咱们忘掉馅饼吧。"

在俾斯麦式的节食计划实行的第三天，卡迈克的自制力全面崩溃。他扔掉了那张节食单，不顾一切地和同事一块出去吃了顿六道菜的午餐，还喝了鸡尾酒。自从机器人来了之后，他从未吃过一顿像样的饭食。

晚餐照旧是一顿清汤寡水，俾斯麦严格地把它限制在700卡热量以内。由于有中午的好饭菜垫底，卡迈克心里没有抱怨，可是一日三餐在家里吃饭的艾丝尔、梅拉和乔依却再也受不了了。乔依阴沉着脸，一声不响。卡迈克知道，对于一个16岁的孩子，这就意味着他快要闯祸了。

吃过饭，卡迈克叫乔依赶快把操纵说明书找出来，机器人的程序需要重新调整一下，那家伙把节食搞得太过火了。

俾斯麦被叫来了。卡迈克命令乔依关闭它的行动系统，调整节食程序。乔依一手捧着说明书，一手握着小扳钳，嘴里念念有词："操纵杆拉下向前推动一格，再往左拨动调节盘B9，然后——哎哟！"只听扳钳咣当一声，机器侍者胸膛里闪出一团火花，随后音箱发出可怖的12赫兹的轰隆声。只见俾斯麦用巨手使劲关上了胸前洞开的门扇，厉声说道："以后谁也不准乱动我的程序储存磁带。"

卡迈克真后悔自己竟放心让乔依摆弄这么贵重、精密的机器，他拿起鲁滨逊先生的名片，准备打电话，但俾斯麦却从他手中抢下名片，撕得粉碎，扔进墙壁上的废物处置孔。乔依起身要去叫警察，俾斯麦却抢先一步，打开了住宅防护区的开关。那本来是一道防止外人进入住宅的强力场，可是俾斯麦现在把它的两极调到了完全相反的方向，这意味着卡迈克一家已无法离开这所住宅。俾斯麦宣布：鉴于卡迈克一家不能自觉遵守节食计划，从今天起，必须全部留在家里听从它的忠告。它不动声色地把电话机连根拔除。

"混账！你把我们当囚犯关起来了！"卡迈克怒不可遏地吼道。

"我的本意只是要为你们服务。"机器人用机械的、但是忠诚的语调说。卡迈克狠狠地瞪了它一眼，现在最难办的是它处处显得忠心耿耿，叫你有火没处发。

按常理，人们可以从外边突破防护场进入住宅，可是在这个时髦的地区不经邀请谁也不会登门。住宅的能源全部由地下室的一台低温恒温器提供，冷藏室贮藏的食物够吃20年。俾斯麦在厨房、酒柜、防护区操纵箱附近都布置了一种电子控制的强力网，他可以在网中自如地穿来穿去，其他人却不能靠近半步。卡迈克一家什么时候吃饭，每顿吃多少，全部掌握在它的手里。卡迈克原指望公司会派人来解救他们一家，但俾斯麦告诉他，它已经通知公司，说卡迈克先生打算辞职。卡迈克听了倒吸一口凉气。

绝望的艾丝尔歇斯底里地在大喊大叫。梅拉低声哭泣着，眼泪把脸上的脂粉弄得一团糟。乔依想去厨房偷点吃的，结果撞在强力网上，弄得鼻青眼肿。

午饭送来了。还是烤面包——清咖啡，莴笋——西红柿，牛排——豌豆。俾斯麦的电路好像永远凝固在这道每日食谱上了。

在被关押的第三天，家里的两个女人建议两个男人冲上去制服俾斯麦。饿得浑身无力的卡迈克听了直摇头，去和那高7英尺、重300磅的家伙肉搏，这场厮杀太可怕了。乔依极力鼓励父亲试试。在两个女人尖锐的目光下，卡迈克只好妥协了。

俾斯麦来了。卡迈克漫不经心地和它搭讪了几句，突然出其不意地抓住了它的胳膊，乔依乘机扑过去，打开了它的胸门。没想到他俩很快都从机器人身上滑了下来，原来俾斯麦在它自己身上也布置了强力网。机器人一手抓住卡迈克，一手拎着乔依，把他们放在沙发上，严肃地说："请停止一切类似的行动，它可能会使我伤害你们。"卡迈克痛苦地呻吟了一声，他没朝妻儿那边看，用肉体攻击俾斯麦已经被证明是无济于事的。他感到自己好像被宣判了无期徒刑，没有任何指望了。

监禁的第六天，憔悴不堪的卡迈克无意中爬上了那个很久没光顾的磅秤，体重180磅。不到10天减了12磅。他盯着磅秤上的指针，忽然灵机一动，他们有救了！他的体重已经达到了原定目标，这就意味着再也用不着俾斯麦来照管了，而且家里的其他人肯定也和他一样达到了标准。卡迈克得意地把俾斯麦叫来，让他亲眼过秤。然而俾斯麦却用怜悯的眼光盯着他说："我检查过所有的程序储存磁带，上面没有标明任何极限。"卡迈克感到自己简直要瘫倒了。这不可能！乔依架着他，轻声说道："也许短路的那阵，正好把磁带减重限度的那部分给抹掉了。"没有限度！这就是说俾斯麦可以把他们一家减重到"无限"，让他们瘦成肉干，全部饿死。

没有救了，永远没有救了！卡迈克绝望地放声大笑。艾丝尔在一旁无动于衷，几天来，花样繁复的钩织活已经使她麻木了。乔依不断地安慰父亲，说一些不肯认输的打气话。不过，那话听起来总显得有些勉强。卡迈克对儿子的种种突围设想，就像对他摆弄机器人一样，不敢再轻易相信了。正在这时，大门被推开了，红脸膛的鲁滨逊走了进来。

鲁滨逊一再为他的冒昧闯入向主人道歉。他说他是顺路来看看机器人使用的情况，按了几次门铃都没人接。他见屋里亮着灯，就自己进来了。此时的卡迈克激动得说话都有些哽咽了，他喃喃地向修理工叙述了6天来全家人遭受的巨大不幸。笑容一下子从鲁滨逊快活的脸上消失了。他迅速打开工具箱，挑出一把8英寸长的管形工具。他说那是强力场衰减器，可以中和机器人布下的强力场防线。他把工具指向住宅安全防护区的控制箱。封锁墙解除了，他又叫卡迈克把机器人弄来。几分钟后，俾斯麦来了。鲁滨逊微笑着把衰减器指向俾斯麦，一扣扳机，俾斯麦立刻呆然停住，身上发出一阵嘎嘎声。修理工迅速打开俾斯麦的胸膛，用一只袖珍手电在里面仔细地检查起来。

卡迈克心中充满了解放的喜悦。自由了！终于自由了！想到就要到嘴的好饭菜，他禁不住直流口水。烧土豆、鸡尾酒、黄油面包，还有一切被禁食的美味佳肴，终于又回来了！

　　"真怪，服从指令的滤波器完全短路了，行动和意志电流波节不知怎么被瞬间高压电弧焊到了一起，这真是机器人科学中的一次崭新突破！"鲁滨逊看过之后惊叹不已。如果这种做法是可行的话就可以制造出有自由意志的机器人。"我很想观察一下，当电流接通的时候会是什么样子。"鲁滨逊继续说道。

　　"别乱动！"卡迈克一家同时惊呼起来。可是已经迟了，就在修理工把机器人开动起来的一刹那，俾斯麦以迅雷不及掩耳之势从修理工手中夺下衰减器和工具箱，重新接通了住宅防护区的控制开关，然后得意地用大手掰断了那只娇嫩的衰减器。鲁滨逊转身朝门口奔去，没想到撞在强力防护网上，被弹了回来。修理工的脸上充满了困兽般的惊恐，而卡迈克已再也体验不到这种心情。他内心已经麻木，完全听凭命运摆布，丝毫没有了继续挣扎的愿望。

　　"它的动作真快呀！"鲁滨逊半天才憋出这么一句话。"是快啊。"卡迈克冷漠地说。他拍拍饿空了的腹部，轻轻叹了口气。

魔 鬼 车

〔美国〕洛加·宰拉兹尼

马利克驾车奔驰在"西部大平原公路"上。

艳阳当空，疏云淡抹，一碧万顷。杰尼以每小时 60 英里的速度，翻越无数个小丘和高低不平的道路。无论驶近岩石还是洞穴，都能事先获得信息，并能迅速、小心地改变路线全速前进。甚至有时候，马利克也没有注意到双手下边的操纵杆的微妙动作。

大平原上空，蔚蓝的天际，一轮光焰四射的太阳，透过略微发暗的防风玻璃及很厚的护目镜，斜射着马利克的眼睛。他似乎觉得在异国他乡的月光下，驾驶着快艇，横跨银白的湖泊一样。

车子经过的地方，扬起一片尘土，在空中飘荡，很快又沉下去了。

"您的体力已消耗得过多了。"无线电里传出声音。"您紧握方向盘、凝视前方……为何不去稍微休息呢？请您睡觉去，让我来驾驶吧！"

"不！"他说，"这样好。"

"是！"杰尼说，"我只是想还是问一下好。"

"谢谢！"

一分钟后，无线电里播放出非常柔和的音乐。

"停止！"

"是！主人，我错了。我是想让您神经松弛一下。"

"必要的时候，我会对你说的。"

"对不起，萨姆。"

短暂的沉默，使人感到沉闷。马利克十分清楚：杰尼是一辆性能优良的车。为了使马利克的搜索工作能顺利进行，它总是绞尽脑汁、想尽一切办法为他服务。

它的形状像轿车，鲜红的车身，非常艳丽，速度飞快。顶棚突起部分的下面，装有几枚火箭。两个50毫米口径的枪安装在看不见的车头灯的下面。还有5秒钟和10秒钟爆炸的手榴弹拉拴缠在车的下边。行李箱里还有一个喷雾式的油桶，里面装满挥发性很强的石油。

杰尼是由东方著名高级工程师——吉耶姆为马利克特别设计的一辆"敢死车"。这个伟大的能工巧匠把自己毕生精力和才华用来制造它。

"这次一定要找到！杰尼。"他说，"刚才我说话的态度不太好，你可别当真呀！"

"没关系，萨姆。"杰尼的声音很温柔，"我已经安上电脑，您的事情我都知道。"

他们发出隆隆声，穿过"大平原"时，落日的余辉已经染红了西天。不分昼夜地连续搜索，使马利克筋疲力竭，前不久到达过的加油站，似乎是很久以前的事情，又好像是遥远的将来的事情……

马利克靠在前面，闭上眼睛。

所有的车窗都慢慢地变暗了，变得完全不透明了。安全带将他的身体从方向盘上拉下来。座位渐渐向后倾斜，最后他完全成水平状态躺在那里。当夜幕降临时，通上了暖气。

早晨5点钟左右，座位摇晃，将他弄醒了。

"起来吧，萨姆！快起来吧！"

"出了什么事？"他嘴里嘟哝着。

"20分钟之前，收到无线电信号，前面不久发生过袭击车辆事件。我立即改变路线，现离那个地方不远了。"

"你为什么不马上叫醒我！"

"您很需要睡眠，而且，只要您能办到的事情，您就会焦急地坐不住。"

"那好吧，大概你说得对，请谈袭击事情吧！"

"昨天晚上，有6辆汽车向西行驶时，突然被数量不明的车偷袭了。巡逻的直升飞机从现场上空发来的电讯说：6辆车上的东西全部被掠夺精光，汽油被倒掉，头部被打坏，所有的乘客都被杀害。"

"现在我们离那儿还有多远？"

"再过二三分钟就到了。"

防风玻璃又变得透明了。马利克在强烈的车灯照射下，尽可能地向夜幕中的远方看去。

"前面有东西。"他说。

"是现场。"杰尼说着，开始放慢速度。

他们到达了被破坏的车旁，马利克将身上的安全带卡子解开，车门一下开了。

"你看看周围，杰尼。"他说，"再找找轮胎经过的热辐射，这里不能久留。"

车门"啪"地一声关上了。杰尼离开了他。他打开小型手电筒的开关，向被破坏得一塌糊涂的车辆走去。

"平原"在他的脚下就像撒上一层沙子的舞厅，非常坚硬，而且还打滑。地上有很多车子滑行的痕迹。像细面条那样纠结在一起的车轮印到处可见。

第一辆车的驾驶座位上，坐着一个已经死了的男人，很明显他的脖子已经断了。手腕上的手表已经坏了，表针指向2点24分。离此车40英尺远的地方，有两个女人、一个男人躺在那里。他们都是从遭到偷袭的车上逃跑时被轧死的。

马利克又向前走去，检查了其他几辆车。

所有车上的引擎的主要部分就不用说了。轮胎、车轮都被拿走，油箱盖被打开，里面的油全部用虹吸管抽光。箱子里的备用轮胎也不见了。没有一个幸存者。

杰尼来到他的身旁，车门打开了。

"萨姆，"它说，"我听到了无线电信号，那是第三辆车后边的那个蓝色车上发送的，请你将它的电脑的导线取下来！它正从备用的蓄电池吸取能源进行发送。"

"好吧！"马利克又返回去，拆下导线，回到杰尼车上，坐在驾驶位上。

"发现什么吗？"

"几条踪迹往北方向。"

"追！"门"啪"地关上，杰尼向北驶去。

5分钟后，杰尼说："车队里有8辆车。"

"你说什么？"

"我刚从新闻节目里听到：车队原有八部车，其中有两部车用规定以外的波长和野车取得联系，暴露自己车队的位置并加入了它们的行列。在野车偷袭的时候，还向其他的车进攻呢。"

"乘客怎么样？"

"可能在加入野车前给'处理'了吧。"

"它们为什么要加入野车呢？"他问。

"不知道，我从来没想过那样的事情。"

"10年前，那些家伙的头头——魔鬼车袭击加油站时将我哥哥杀死。"马利克说，"从那以后，我一直在寻找那部黑色的卡迪拉克。从空中和地面都在寻找。我用过好几部车，车上都装有热辐射探测仪和火箭，甚至还埋过地雷。可是，它总是比我快得多、聪明得多、厉害得多。为此，我制造了你。"

"我知道你很恨它，但总不理解为什么？"

马利克吸了一口烟："我对你的程序做了特殊设计，装上甲板武装起来。使你在所有的车当中最快、最强、最机智。杰尼，你是红色女郎。有你这部车就能对付那个卡迪和它的所有同伙。你有他们没见过的牙齿和利爪，这次一定要捉住他们。"

"萨姆，您可以待在家里，跟踪的事情可交给我办……"

"不！我知道那样也行。但是，我想到现场亲自发布命令，按几个电钮，一直看那个魔鬼车烧尽，只剩下金属架。它究竟杀死多少人？破坏多少部车？简直数不清。无论如何我要亲手将它捉到，杰尼。"

"我会给你找到的，萨姆。"

他们以每小时200英里速度飞驰。

"燃料够用吗？杰尼。"

"足够用，备用油桶还没用呢，请放心。——痕迹越来越明显了。"它又加上一句。

"那好，武器系统怎么样？"

"红灯全亮，一切正常，随时都可以发射。"

马利克将烟蒂插入烟缸熄灭，又点着一支。

"……野车中有几部车，将死人绑在里面行驶。"马利克说，"是为了迷惑别人以为拉着乘客。那个黑色的卡迪尽干这种事情，定期更换车里的人，为了使那些人能够长期保存下来，车里总是通冷气。"

"你很了解呀，萨姆。"

"它用假乘客和假执照欺骗了我哥哥，让我哥哥打开加油站，然后全部车突然袭击。它在不同时期，给车身涂上红色、绿色、蓝色、白色等不同颜色，但最终恢复到黑色。它不喜欢黄色、褐色和混合彩色。我有它从前用过的几乎所有的假执照清单。它甚至明目张胆地从宽阔的高速公路上拐到城镇里，到普通的加油站把油缸加满。当工作人员走到驾驶室旁让它缴费时，它甩开人开车逃跑，经常被人记下车号。它能模仿十二三种人的声音。它总是以惊人的马力行驶，所以谁也没有办法捉住它。它经常到这个'大平原'上来欺骗人，还袭击过旧车展览会。"

杰尼来个大转弯，改变了路线。

"萨姆，现在痕迹更清楚了。在这边！朝那座山的方向走了。"

"跟上！"马利克说。接着，马利克陷入长时间的沉默。模模糊糊的晨星在车背后的车壳上留下白色的图钉形光点，这就是早晨降临在东方的象征。车子开始爬缓坡。

"一定要捉到！"马利克催促着。

"我想会捉到。"它说。到了陡坡，杰尼为了适应地形，便放慢速度。地面坑坑洼洼。

"怎么啦？"马利克问。

"跑起来越发费劲了。"它说，"跟踪也越来越困难了。"

"为什么？"

"这地方地面本身热辐射特别大，"杰尼回答，"它扰乱我的跟踪系统。"

"你一定要坚持下去！杰尼。"

"痕迹好像到山那边了。"

"给我追！追！"他们又放慢了速度。

"痕迹全无了，萨姆。"它说，"断线了。"

"这一带一定有它的据点，可能是洞穴。这几年为避免从空中被发现，它们采用这一种方法。"

"那怎么办好呢？"

"尽可能到前面仔细观察岩石上面有五位置很低的洞,要当心啊!随时准备发动攻击。"

他们进入山麓的一排小丘。杰尼的天线拉得高高的,用金属薄片制作的像飞蛾一样的翅膀,在天线杆顶端张开又转又跳,迎着朝阳闪闪发光。

"还没有捕捉到任何信息。"杰尼说,"而且再也不能向前进了。"

"那就慢慢地向横的方向继续搜查。"

"向右还是向左呢?"

"是啊,你如果是逃跑的叛徒的话,应往何处去呢?"

"不知道。"

"随便吧,哪边都行。"

"那就往右边去!"它说。接着往右驶去。

30分钟后,渐渐地一丝熹微的晨光在"大平原"的那一边播散着淡淡的光,把博大广阔的苍穹,染上秋天树木那样的各种各样的颜色。马利克从仪表盘的下边拿出宇宙飞行员饮料——高级咖啡瓶喝起来。

"萨姆,好像有什么东西。"

"什么?在哪里?"

"前面那个大圆石头左边的斜坡上,在斜坡的尽头,有一个像洞穴一样的东西。"

"知道了,好孩子。到那里去,准备好火箭!"

他们驶到大圆石头的对面,顺着斜坡往下走。

"是洞穴还是隧道?"他说,"慢点!"

"有了,又发现热辐射了。"它说。

"啊!轮胎痕迹也看到了,很多。"马利克说,"没错,就是这里!"他们向洞穴前进。

"进去!不过要慢点!"他命令着,"如遇到活动的东西,立即干掉它。"

他们向岩石上开凿的入口处驶去，地面是沙子。杰尼将所有能看得见的光都灭掉，换上红外线。红外线镜头在防风玻璃前面一点一点往上移动。马利克向洞内眺望，洞内大约20英尺高，很宽，三辆车可并行行驶。沙地面逐渐变成了石地，光滑而且平坦。不久又变上坡。

"前面有亮光。"

"知道了。"

"可能是天空。"他们向亮处一点一点逼近。杰尼的引擎在这巨大的岩石洞里，似乎像叹气声。

他们在亮处停下。红外线台座又降下来。

马利克向上仰望，看到深深的峡谷，尽是沙子和岩石。岩石非常大，有的倾斜，有的从上往下垂着。除了对面的那一部分以外，这一片看不到天。对面的光亮很模糊，下边没有什么变化。但是再往前是……马利克直眨巴着眼睛。眼前，在朦胧的朝霞中，可以看到一座破破烂烂的小山。这是马利克一生中从未见过的。

各个厂家和各种型号的汽车零件堆积成一座小山，映现在马利克眼前。有电池、轮胎、电缆、缓冲器，还有挡泥板、消声器、头灯和汽车框架、门、防风玻璃、汽缸、活塞、气化器、发电机、调压器、油泵。马利克眼睛睁得大大地看着这一切。

"杰尼。"他小声说，"我们发现汽车的墓地了。"

马利克突然发现有一辆非常破旧的车向自己方向跑了五六英里后一下停了。铆钉头刮在制动器圆盘上的巨大声响传到他耳里。那辆车的轮胎完全磨平了，左前轮严重漏气。右边的前灯已坏，挡风玻璃上出现了裂纹。那睡醒了的引擎咯嗒咯嗒地响，令人恐惧。

"怎么回事？"马利克问，"那是什么？"

"它在跟我说话。"杰尼说，"它说它老了，行车纪录器已转了不知多少圈，究竟跑了多少英里已记不清。它憎恨人，因为人只要有机会就会虐待它。它是墓地的看守。因年龄太大，不能出去搞袭击，所以几年来在这个备用品堆当看守。因不能自己修理自己，只能依靠年轻的车辆照顾。它想知道我到这里来干什么？"

"你问问它，其他的车都到哪里去了。"

马利克突然听到很多的引擎转动的声音，很快整个山谷都轰鸣起来。

"它们在备品堆的那边。"杰尼说，"现在正往这边来。"

"我不发命令，不准射击。"驶在最前面的是发着黄色光泽的克莱斯勒牌，围着备品堆转，当它露出车头来时，马利克这样说。

马利克将头低到方向盘下面，但是眼睛却是睁得大大的，隐藏在护目镜的暗光里。

"你就说是来入伙的，司机已被'处理'了。让黑色的卡迪拉克到射程里来。"

"它不会那么傻。"它说，"现在我正跟它说话，它在备品堆那边用无线电和我通话。它说在决定如何处理之前，为了盯住我，将派出同伙中的最大的6辆。它命令我退出隧道，到山谷里。"

"那就前进吧，慢一点儿。"

他们慢速稳步前进。

两辆"林肯"，一辆看上去好像很有气力的"旁蒂克"，还有两辆"莫克利"，加上"克莱斯勒"，一共6辆。两边各3辆，好像排着队过来。

"它没有暗示那边有多少部车吗？"

"没有。我试探过，它不告诉我。"

"好吧，反正非等不可了。"

马利克感到很疲劳，肩膀又隐隐作痛。不一会儿，杰尼向他报告说："它让我从备品堆转过去，已经让出道并命令我向它们指定的岩石裂缝里前进……并说，要用自动测定装置对我进行详细调查……"

"不能接受它的命令。"马利克说，"不过可以在备品堆转一圈儿，看看那边就知道怎么办。"

两部"莫克利"闪到路旁。杰尼慢吞吞地通过。马利克斜眼往上看那堆破烂山。只要发射两发火箭，一定会干掉它们。

他们转到备品堆的左边。

右侧和前方有45部车，距离大约有120码。它们成扇状散开，包围备品堆，阻住了出口。后面还有6部监视车，阻塞了马利克的退路。最后一行车的后面，停了1部黑色的卡迪拉克牌车。它用了一年时间才组装完毕。当时许多工程师对它的巨大车体赞叹不已。它确实很大，闪闪发光。它的前灯像发暗光的宝石或像昆虫的眼睛。车体的所有地方，包括曲线部位都发出强烈的光。它那像大鱼尾鳍一样的车尾，就好像有所准备，一发出紧急警报，就能狠狠地向后边的一群车打去，然后向被杀死的猎物飞去。

"是那个！"马利克小声说，"是魔鬼车！"

"真大呀！"杰尼说，"从来没见过这么大的车！"

他们继续前进。

"它让我进入那个裂缝里，在那里停下。"

"慢慢向那里前进，但不要进入。"

他们改变方向，朝裂缝方向慢慢驶去。其他的车都停在那里，但是引擎却忽高忽低地响着。

"检查所有武器系统！"

"是！红灯全亮，处于战备状态！"

离裂缝只有25英尺。

"我要是说'时间已到'，你立即挂'中档'，来个180度大转弯，要迅速。它们是万万不会想到，因它们没有这种功能。然后用50毫米口径的枪射击，目标对准卡迪拉克发射火箭。直角返回原来的路上，一边前进，一边洒汽油，并向6部监视车射击……"

"时间已到！"他一边从座位上跳起，一边下达命令。因为车子迅速急驶，他被甩到车箱后面。在头脑尚不清醒的时候，就听到它放枪的巨响。这时远处升起了熊熊大火。

杰尼的枪伸向外边，在台座上来回地转动，向那列车队射出几百个铅锤。第二次震动，是从半开的车盖下边发射2枚火箭。在前进中，有八九部车向他们反扑过来。

它再一次挂"中档"迅速转到备品堆的东南角，向来时的方向发起第二次进攻。枪口对准正在后退的监视车猛烈射击，马利克在宽大的反光器里看到后面猛烈燃烧的火墙。

"你打错了！"他吼叫，"没有打中那个黑色的卡迪拉克呀！火箭打中了那个家伙前面的车，它逃跑了啊！"

"我知道，我错了。"

"你明明是瞄准它的呀！"

"我明白，但我打错了。"

他们正好在两辆监视车消失在隧道里的时候，转过备品堆。其他的3辆车吐着烟雾成了一堆废品躺在地上。而第6辆车肯定是在那两辆车前面逃脱出去的。

"那家伙来了！"马利克叫着，"转到备品堆的那边！杀！杀掉它！"

墓地的老看守看来好像是"福特"，但不甚清楚。它发出咯嗒咯嗒的可怕响声，向这边开来，在火线前边站住。

"射线已被挡住了。"

"把那个破烂货摧毁，然后堵住隧道！不能让卡迪跑掉！"

"不行啊！"它喊。

"为什么？"

"无论如何也不行！"

"这是命令！干掉它堵住隧道！"

它的枪转动着，射穿那个老年车的轮胎。

卡迪像颗子弹一样通过去，跑到隧道里。

"你怎么把它放掉！"他尖声地喊，"追！"

"是！萨姆，我正在追，请不要大声嚷，求求您，请不要嚷嚷！"它奔向隧道。在隧道里，他听到巨大的引擎的响声渐渐去远了。

"在隧道里不要射击！如果打中了，我们有可能被憋在里面！"

"是！明白。"

"扔两枚10秒钟爆炸的手榴弹，然后加速前进！不知道后边还有多少部车，这样也许会将它们封锁住。"

车子像箭一样一直向前奔驰，跑到日光下，周围没有其他车的影子。

"探测轮胎痕迹，继续跟踪！"它说。

后面山丘那边爆炸了，大地在摇动，然后又平静下来。

"轮胎痕迹太多了……。"它说。

"你应该明白，找那个最大、最宽、最热的！跟上！"

"好像找到了，萨姆。"

"那好，快速前进！"

马利克拿出威士忌酒喝了三口，然后又点上烟，凝视着远方。

"你为什么要放掉它？"他亲切地问，"为什么要放掉？杰尼。"

它没有马上回答。他在等待它的回答。

"对我来说，它不是单纯的'它'。"它终于开口，"它给车和人带来很多损失，这确实很严重。但是，在它那里似乎有什么信仰，有什么高贵的信仰。它们有它们的生活方式。为了自身的自由，同全世界进行斗争。它率领那些凶恶的车，只要不被打烂、打垮，就坚持这种方式，无论在什么情况下都不停止……萨姆，不久前我想加入它们的行列，跟它们一起在'大平原公路'上奔驰。为了它，我都想用自己的火箭瞄准汽油基地的大门——但是我无法'处理'你啊。我是为了你才被制造出来，我对人太亲近、太软弱了。但是无论如何我是不能打它，我是故意把火箭打飞的。但是，我也无论如何不能'处理'你，萨姆，是真的。"

"谢谢！"他说，"我太感谢你了！"

"我不好，萨姆。"

"别说了！不，我要说。我想问问，如果再发现'它'，你打算怎么办？"

"不知道。"

"那就快点想想！你看到前方的飞沙吗？加快速度。"

车子像箭一样地飞驰。

"在我没有回到底特律，在我要求偿还血债之前，它们会像混蛋那样地笑。"

"我的构造和设计都是不坏的，这一点我也知道。不过稍微……"

"只是有点儿'好动感情'。"马利克补充说。

"你比我想的还……"它说，"在我被送到你这里之前，我没有见过太多的车。更不知道野车是什么样子，也没有破坏过实用的车。我所知道的只是靶子之类的东西。我很年轻，而且……"

"而且很'天真'。"马利克说，"是的，多么令人感动的话啊！你要准备下一次遇到的车。如果它碰巧是你的恋人，你不想射击的话，它就要杀死我们的。"

"想办法对付吧，萨姆。"

前边的车停下了，那是黄色的"克莱斯勒"。两个轮胎扁了，车子歪斜着站在那里。

"不理它！"当车盖"咣当"一声打开的时候，马利克骂道，"将弹药拿出来，以防可能的抵抗。"他们在"克莱斯勒"的身旁通过。

"它说什么？"

"是机器说的冒渎的话。"它说，"我只听过一两次，跟你说你也不懂。"

他吃吃地窃笑:"车这东西真的互相咒骂吗?"

"有时候是的。"它说,"特别是较低级的车,格外爱这样。尤其是在高速公路和收费公路上车辆拥挤的时候。"

"说些车的恶劣语言让我听听!"

"我不喜欢。你究竟把我看成什么样的车呀?"

"对不起。"马利克说,"我忘了你是个女郎。"

无线电发出一种已经听腻了的声音。

车在群山脚前面广阔而平坦的地面上奔驰。马利克喝了一口酒后又喝起咖啡。

"10年的时间。"他自语着,"10年的时间……"

群山慢慢地被抛在后面,山脚下的小丘一个挨着一个,轮胎的痕迹是一条曲线。当车子经过因风化作用而变成像倒立的蘑菇状的巨大桔黄石块时,在右手方向有一块空地。

那家伙像子弹一样向他们猛攻过来,看得出它的速度不如红色女郎。它在搞伏击,同跟踪它的人做最后的较量。

伴随着尖锐的声音和硝烟的味道,杰尼急刹车,将车身横过来。50毫米口径的枪喷着火焰。车盖猛地打开,前面的两个车轮腾空而起,火箭"扑哧"一声飞了出去。它一边用后保险杠在含盐的沙地上滑,一边连续旋转三次。最后的一次,将剩下的火箭全部射向正在山腰上冒烟的残骸。4个车轮都打掉倒在地上。50毫米口径的枪连续射击,直到子弹打完为止。整整响了有1分钟的时间,接着恢复一片寂静。

马利克坐在驾驶位上,浑身颤抖着。在朝霞中,他仔细观看着在燃烧的内脏全被打出来、歪七扭八的魔鬼车。

"干掉了,杰尼。你将它干掉了。你为我将魔鬼车干掉了。"他说。

但是,它没有回答。它发动引擎往东南方向转,向那文明的方向——

汽车加油站驶去。

两个小时的行驶中，他们默默地前进。马利克将威士忌和咖啡全部喝光、香烟全部吸完："杰尼，请对我说点儿什么！"他说，"告诉我你怎么了！"

它发出叮当的响声，非常温柔："萨姆，它一边从山丘上下来，一边对我说……。"

马利克等待它继续说下去，然而它却沉默不语。

"那么，它说了些什么呢？"他问。

"它说：'喂，你把那个驾驶你的人干掉！那样做的话，我就投靠你。为了一起行驶、一起袭击，我需要你！红色女郎。如果咱们能在一起，那些家伙是绝对捉不到我们的。'最后还是我把它杀了。"

马利克沉默了。

"不过，它在自己即将灭亡的时刻，为了拖延我的发炮时间作最后的决斗，想让我们与它同归于尽。它不会说真心话，你说是吗？"

"当然是喽！"马利克说，"当然是那样，它要投靠你已经晚了。"

"嗯，我也这样想。不过，你很早就认为它确实想回到那个山里，让我跟它一起跑、一起袭击，是吗？"

"可能吧，因为你是个装备完善的可爱的姑娘啊。"

"谢谢！"它说着把开关切断了。

但是，在它这样做之前，他听到奇妙的机械的声音变成一种有节奏的声音，这声音不知是冒渎的话，还是祈祷的话。

然后，他点点头，把头低下，用他那还在颤抖的手敲打着旁边的座位。

（韩健青　梁淑英　译）

奇父异子

〔日本〕小松左京

一

爸爸养育了他。

生他的当然是他的妈妈。

但是，对妈妈，他几乎没有任何记忆。

留下唯一的一个模模糊糊的婴儿时的记忆是：从朦胧的灰色浓雾中伸过来一个温暖柔软的东西，向他嘴边靠近，之后便从里面涌出甘甜的乳汁。正在哭闹的他，叼住它大口大口吸吮起来。热乎乎的乳汁流进体内，渐渐地他感到全身舒服极了，不多会便进入了梦乡。

这个关于妈妈的模糊的记忆和他家的三楼有着很大关系。从孩提时代直到今天，他时常来到三楼上那间已经多年不用的小房间里，借着昏暗的光线，独自一人呆愣愣地凝视几分钟那个银白色的小摇篮。从前，在他还是个婴儿时，他就睡在那里边。每当他一哭闹，那个温暖的东西就移动到他的嘴边。

难道那个温暖的东西就是妈妈吗？会不会是吊在摇篮上方的那个罩着塑料罩的乳房状哺乳器呢？他曾经有一次摘去塑料罩子，闭上双眼，把脸颊靠近哺乳器上。他嗅到一股淡淡的乳汁味儿。他用上唇和脸颊轻轻擦了一下那个柔软的乳头，想要唤起遥远的记忆。他仿佛觉得过去每当他哭闹时便很亲切地向他嘴边伸过来的，就是眼前这个哺乳器，同时，他还仿佛觉得小屋的门开了，有个人影从灰色浓雾中向摇篮方向走近。

可是，不知怎的，记忆中的妈妈在这儿一下子变成了奶妈。对于奶妈，他记得很清楚：她长着一对发呆的眼睛，可皮肤很白皙，人也很和蔼。她总是像唱一首单调的歌子一样责备他、哄他。就是这个奶妈，现在也已经不见了。

"奶妈去哪儿啦？"他有时问爸爸。

爸爸没有回答。爸爸不回答时，如果再没完没了地问，就会吃白眼、碰钉子。

"你已经长这么大了，自己还照顾不了自己？"爸爸说，"奶妈已经伺候不了你了，我让她走了。不过，我给你领来个朋友。"

"朋友？"他不由得反问了一句，"您说的是什么意思？什么样的朋友？"

"走，到四楼游戏室看看去。"

他跳下椅子，跑过楼道，冲进电梯。四楼上有个游戏室，过去他常和奶妈一起在那里玩。游戏室很大，尽管里面摆放着各式各样的玩具、滑梯、攀登架，还有可以边玩边学习算数识字、机械原理和操作方法的游戏机器。但仍然显得空荡荡的。此刻，游戏室中央孤零零地站着一个和他个头差不多的人。他跑过去，死死地盯视着这个人。

"你是谁？"他问，"是朋友？"

"对。"那个小孩答道，"我，是朋友……"

他很吃惊。虽然到现在为止，他从未在镜子里看到过自己长得是什么样子，可他却意识到眼前这个朋友除去脸的长相不同之外，从身高到体形都和他完全相同。他以前除去奶妈之外没见过任何外人，所以当他知道世界上竟然还有和自己身高体形完全相同的人的时候，很是震惊。

"你，和我玩吗？"他问。

"嗯，玩。""朋友"微笑着说，"咱俩一起玩吧！"

他俩成了好朋友。不过，他从一开始就直觉地感到这个"朋友"有些跟自己不一样的地方，但他弄不清究竟什么地方不一样。

不一样的地方确实存在。

后来，他又想起，这种不一样的感觉，奶妈在时，好像也曾经有过。只不过当时他还很小，要靠奶妈照料，所以没能清楚地意识到。但是，当时他总觉得奶妈和自己有不同之处，这种感觉变成了模糊的记忆，存在了大脑深处。这个记忆还给他带来过莫名其妙的悲伤。

他很喜欢而且很尊敬这个"朋友"。"朋友"走路时高雅的动作、恰到好处的微笑、时断时续的说话方法，这一切他都想模仿。他觉得如果把这些都模仿好了，就能变得和"朋友"完全一样。

他想整天整夜地和"朋友"待在一起，吃饭时、睡觉时……

"咱们一起吃饭吧。"他提议。

"不……""朋友"面带微笑地说，"我该回去了。"

"明天你还来吧？"他突然感到一阵不安，干咳了一声问，"真来吧？还是今天这个时间，还在游戏室……"

明天，他盼望着明天快点来。他拼命地幻想着明天。吃罢晚饭，他睡了。

枕头旁边的音乐钟响了。

"快起床！起来后先洗脸！"他爸爸每天早晨都是这两句。

他草草地洗把脸，简单地吃了几口饭之后，就跑过楼道冲进电梯到游戏室去了。他心扑通扑通直跳，开门往里一看，"朋友"站在游戏室中央，衣装打扮和微笑都和昨天完全一样。

"早晨好！""朋友"说。

他这才一块石头落了地。

"爸爸，我想和那小孩穿一样的衣服，一样的鞋，戴一样的帽子……"他跟爸爸说。

他爸爸沉默了一会儿，神情慌张地说："好、好，爸爸明天给你准备。"

他心情激动地等待明天的到来。

然而，转天清晨，当他睁开眼睛时，枕边根本没有新衣服、新鞋子的影子。当他来到游戏室时，发现"朋友"却换了衣服，换成了和他穿的完全相同的衣服。

尽管如此，他还是很满足，两人面对面地蹦跳起来。

"我们一样啦！"他说，"你变成了我，我变成了你。"

"你住在哪儿？"他问"朋友"。

"那边……""朋友"用手指着说。

"去你家玩可以吗？"

"不行！"

爸爸是严厉的。他深知违抗爸爸，会受到怎样严厉的惩罚。有时是撞击，有时是电击……

"你的爸爸也那么严厉吗？"

"爸爸？""朋友？的眼神有些茫然。

"你没有爸爸妈妈吗？有奶妈吗？"

"妈妈？奶妈？""朋友"好像越来越糊涂了。

他不再问了。的确，"朋友"是有同他不一样的地方，可他不愿去想这些，在心里对自己说：我们是一样的。我们永远是好朋友。

但是，他们俩不会永远一样，也不会永远是朋友。别看衣着穿戴一样，可变化还是降临在他身上。早晨穿衣服时，胳膊往袖子里伸很费劲，用力一伸，衣服好几处开线，肩部和手腕处也有些发紧。

有一次，他发现自己明显地比"朋友"高出半头了。他心里很不是滋味，为了不让"朋友"发觉自己已经长高了，他总是曲着腿走路，向前弓着身子和"朋友"说话，而且尽量不和"朋友"面对面站在一起。

我们俩是一样的，我们俩永远在一起。他怀着一种不安的情绪，躺在被窝里问自己：为什么我要长高，可"朋友"怎么一点儿也不长个儿呢？

一天清晨，他来到游戏室，没见到"朋友"。平时总是"朋友"先到，可今天……

是不是来得太早了？

他惶恐不安地等着。一直等到快中午时，肚子开始饿起来，可是，仍然不见"朋友"来。

"喂！"他忍耐不住喊叫起来，"喂——我的'朋友'！你怎么啦？！"

喊声在空荡荡的游戏室里回荡着，反射在天棚和墙壁上之后便消失了。"朋友"仍然没来。他在攀登架、滑梯和各种游戏教育机中间转来转去。他总觉得"朋友"正带着以往的那种微笑藏在暗处。

但是，哪里也不见"朋友"的影子。只是在游戏室入口处的对面发现了一个灰色小门。他心想，朋友肯定在里面，于是想去打开那个门。可是谁知门上连一个拉手也没有。

"喂——"他终于砸着门哭起来了，"你去哪儿啦？我的'朋友'，你到哪儿去啦？"

"他不会再来啦！"身后传来爸爸的声音，"你整天贪玩的日子已经过去了。现在必须开始学习了！"

"是爸爸干的吧！"他喊叫，"爸爸，你把他弄到哪里去啦？"

"从现在起，你应该学习。"爸爸说，"从明天就开始吧！"

"你还给我，还给我的'朋友'！"他对着爸爸不停地挥动着手，"你还给我'朋友'，我就学习！我们应该一起学习。"

"快回你的房间。"爸爸说，"今晚早点睡！"

"我不！"他咬着牙说，"不把'朋友'还给我，我就不离开这里！"

说话间，一阵强烈的撞击落在他的肩上。他仍然咬紧牙关站在那里。第二次撞击之后，地板突然一下子全都变成了紫光，好像亿万根针同时刺扎似的强大的电击从他的脚心沿着两条腿直冲上脑顶。

"饶了我吧！"他一边在地板上滚动，一边喊，"我学习！我听话！饶了我吧！"

他昏了过去。不一会儿，一个东西向他靠近，将他从地板上拽起来拖走了。

过了好一阵子，他在自己的床上清醒过来。电击的影响还残留在他的身体内，他用床单蒙住头，压低声音哭泣起来。

他在想：准是爸爸把"朋友"领走了……他任凭泪水濡湿了脸颊和枕头，把牙齿咬得咯咯响。他心想：没错！奶妈、妈妈也都是爸爸领走的。

他把脸埋在枕头里，用小拳头狠狠地砸着枕头，嘴里反复骂道："混蛋！混蛋！混蛋！"

第二天，他起得比哪天都早，悄悄溜出房间，去游戏室。可是不知怎么搞的，电梯就是不在四楼停。无奈，他只好在五楼下了电梯，从楼梯往四楼下。可四楼的楼道却被冷冰冰的卷帘铁门挡住，结果还是没能进去。

二

新的课程开始了。

他从早到晚被强迫坐在各式各样的教育机前，一个接一个地学习着各种知识，主要有数学、物理、化学的基础理论……

学习间歇时，他爸爸让他做操。这次对他开放的是五楼的体育室。本来学习就已经把他搞得昏头昏脑，还得蹦呀跳呀的，这样就把他累得再也没功夫去想"朋友"了。他的身体一天比一天长高、强壮起来。

有一天，他去体育室，看到有一个和他个头差不多的人。他吃惊得几乎说不出话来，死死地打量着对方。

"喂。"他面带微笑，向那个和他一样高一样壮实的青年打招呼，"你是谁，是朋友？"

"对，是朋友。"青年向他伸出手。

"那，那么说，你就是从前跟我一起玩的朋友？"

"不不……。"青年把刚刚伸出的手又缩了回去，"我们是头一次见面。"

"可你刚才不是说过你是我的朋友吗？"

"没错，是朋友。"青年把一只手里拿着的拳击套在他鼻尖前晃了一下，说，"我陪你。"

"是我爸爸的命令？"他不解地问。

"对，是命令……"青年说，"我教你拳击和各种运动项目，训练你的反射神经和韧性。"

"你大概不久以后也会离开我吧？"他把手背到身后说，"我爸爸发个命令，你大概就会……"

"是的，全看你爸爸的命令。"青年微笑着戴上一只拳击套，说，"我们现在是朋友……"

他感到困惑不解。这个青年在某些地方与幼年时代和他分手的那个"朋友"非常相似。换句话说，在某些地方和他又不一样，在某一方面还有本质的不同。从长相来看，青年和留在他记忆中的那个游戏室里的朋友毫无相似之处。但是，青年那恰到好处的微笑，不紧不慢的说话方法以及健美的体形，却又与过去的"朋友"有着共同之处。

青年教他拳击。开始时，还没等他出拳，他就被青年打倒在地。不过，很快他就学会了躲避青年挥来的无情而准确的拳头，并学会了如何击中对方要害。现在他们两人可以说是势均力敌、不相上下了。为了达到今天这个水平，他可吃了不少苦头：皮肉被打得生疼，脸部肿起多次，牙被打断了一颗。不过，好在这青年懂得医术，拳击之后给他进行全身按摩，治疗伤口，用无针注射器给他注射疲劳恢复剂。而青年无论怎样被他击中，也没有任何痛苦、疲劳的样子。

除去拳击之处，青年还陪他玩各种体育运动和游艺、摔跤、国际象棋、打靶、扑克等等。和过去独自一人进行体育锻炼不同，现在有竞争对手，越玩越有劲儿，每天过得很充实。不久，他在使用电子计算机的立体国际象棋和各种游艺方面也和青年水平相当了。

"没意思。"他看着国际象棋棋盘和计算机说，"一和你玩，你就下慢棋……"

"再坚持玩几天！"他爸爸说。

由于是爸爸的命令，他只好硬着头皮和那青年玩下去。很快，他便焦躁起来，胡乱出击，结果败得一塌糊涂。他又坚持了几天，这回对手开始出现判断错误，破绽百出，很快便惨败在他手下。

"国际象棋已经可以了。"他爸爸说，"已经够水平了。"

可是，在其他比赛中，那青年总比他略胜一筹。他有时缺少耐心，有时虽耐住性子坚持下去，可每次总是比对手差一点。

他忽然想，对方很可能是故意保持比自己略高一点的水平吧。

两人赛过的各项游艺的比分都记在他的笔记本中。他把这些比分输进计算机一算，结果从头到尾的总胜败率一点不差，正好是5.5比4.5。每次比赛，无论他身体状况如何，只要他失误，对方也失误；他如果顺手，对方也不出差错。他越想越生气，把笔记本撕了个粉碎。

后来，他想冲破5.5比4.5这堵墙，开始采用乱来的方法向对方挑战。比如冷不防打对手个措手不及，有时要点暗招……虽然在射击和跳跃上没能成功，但在滚翻、击剑和拳击中，他感到这堵墙有点动摇了。

有一天，摔跤正摔到难解难分的时候，他故意违反规则，朝对方耳后狠狠地猛击一拳。刹那间，青年体内发出一种奇怪的声响，四肢顿时松软了。他吃惊地站起身，发现青年已经躺在他脚下，四肢在不断地抽搐着。

"你……"他恐惧不安地蹲在青年身旁问，"你怎么啦？"

"好啦好啦。"他爸爸在一旁说，"下去穿上衣服，回你自己的房间！"

"可是他……"

"没你的事，你快点离开这里！"他爸爸厉声叫道，"快给我离开体育室！"

他仍然面色苍白地站在青年身旁，浑身上下抖动着。他偷偷瞅了一眼那青年，发现青年的表情和以往一样，丝毫看不到痛苦的神色，眼睛也没闭上，仍然带着微笑躺在垫子上，手脚不停地抽搐着，一点点地移动。他感到脚下传来一股轻微的电击，慌忙地跳出摔跤场。当他走进体育室的浴室时，回头一看，发现有个黑影从入口处缓缓向摔跤场靠近。

"别回头！"他爸爸说。

回到自己的房间后，他坐在床上，抱着双肩，抑制不住地哆嗦起来。我对朋友做了什么可怕的事——这种念头折磨着他。

"惩罚我吧！"他对爸爸说，"我犯规了，是故意的。"

"不……"他爸爸说，"你干得好，我估计你迟早会这么做的。如果你不这样做，一直不犯规，你就永远也无法战胜对手。"

"朋友怎么样了？"他问，"不要紧吗？"

"不必担心。"他爸爸说。

转天，他又去体育室了，可再没见到青年的影子。他懒懒地戴上拳击套，独自进行无对手的空拳攻防练习。一会儿，他呆愣愣地望着昨天朋友躺倒的那张垫子，全身不由得哆嗦起来，一种说不出的悔恨心情责备着他。

他想：我把朋友……我把朋友……

究竟把朋友怎样了？他一点也不知道，他只知道把朋友弄得不正常了。他为了排遣寂寞和悔恨的情绪，抓住绳索练起下肢屈体来。然后又把体育室里的各种器械练习了一遍，直到他筋疲力竭。

从此以后，他的那个青年朋友就再也没露面。

三

新的课程又开始了。

"到二楼去！"他爸爸说，"去那里学新东西。"

二楼对他来说是陌生的，因为这是他第一次去二楼。这座楼楼层越低楼道越窄，楼道的墙壁上纵横排列着各式各样的管道和电线。有几个房间门上画着红色危险标记，还有的房间从门里传出一种像是蜜蜂叫的嗡嗡声。

当他来到二楼那间指定的房间里时，发现这里摆满了各种各样他从未见过的机器。

"你必须记住这些机器的构造和操作方法。"他爸爸说。

从此以后，他每天都和这些机器混在一起，分解修理、检测以及使用模拟器进行操作练习。

"这个是干什么用的?"他问。

"在硬东西上打洞，在高温熔化、精炼、提纯……"爸爸回答。

"那怎么打洞、熔化、提纯呢?"他追问。

"别多嘴！用脑记住就是了。"他爸爸说，"很快你就会懂的！"

一种奇特服装的穿法，他也学会了，从脑袋上套进去，然后再系上一双非常重的鞋子。他按照爸爸的命令，穿上这种服装，再戴上一顶奇特的帽子，在另一间房子里开始了操作练习。原来，人穿上了这种服装，可以在房子的天花板上行走。

大体掌握了机器的操作方法之后，他又被关闭在一个箱形的机器中。他坐在椅子上，系好安全带，按照爸爸的指令，操纵那些开关和控制杆。箱体开始振动，突然间他眼前变得通亮，古怪的东西照在眼前，并开始以很快的速度移动。有个蓝色物体从上方飞来，又向两侧流去。凸凹不平的五颜六色的奇形怪状的物体……

"这是什么？"他惊异地喊："我从来没看到这么奇怪的东西。这到底是什么？这也是机器吗？难道形状这么不规则的东西也叫……"

"别说话！照我的指令去做。"他爸爸吼道，"你很快就会懂的！"

扳动一下右手的控制杆，屏幕上的东西忽地一下向左方转去，再拉动一下左手的控制杆，又向反方向转过来。他很快就掌握了这台机器的操作方法。

这次以后，他再也没有课程了。他回到三楼自己的房间，二楼楼道又被卷帘式铁门封起来。

好几天，他闲得烦躁不安。他每天无事可做，只是看看书，听听音乐，或是去体育室活动身体。

"我该如何是好？"已经完全长成一个青年的他问爸爸，"我今后该做些什么呢？"

"等待！"爸爸的回答是冷冰冰的，"再等等！"

"等什么？！"他烦躁不安地问，"等多久？！"

"800天左右。"他爸爸说，"由于你出乎我的意料提前完成了课程，所以余下了很多时间。你要耐心等待，这是命令。"

"800天？！"他烦躁地一脚踢开桌子，他想：让我什么也不干，就这么干等800天？办不到！

他的情绪越来越坏。有时夜里睡不着，他就拼命地砸墙和家具，直到手流血为止；有时他感到头痛，抱着头大喊大叫；有时在楼道里烦躁不安地踱来踱去；有时趴在地上像个小孩子似的抽泣不止。

"镇静点!"他爸爸吼叫道,"镇静!"

我究竟为什么会在这里呢?他蓦然环视了一下四周,在心里问自己。这是一个可怕的疑问。从他生下来直到今天,二十多年来,他还是头一次这样认真地环视四周。

他死死地盯着椅子和桌子,然后轻轻敲了几下。

与过去相比,他长大多了。这是无疑的。他周围的东西也应跟他一样长大——他这么想——可是……他又一次环视四周。

房子本身没有变大。这间在他孩提时代显得很大、很空旷的房间,现在好像变窄了,天花板也好像低多了,左右的墙壁好像也靠近了。这一切,都是因为他长大了。

他想起了他的奶妈离开以后出现的第一位朋友。一提起那位朋友,他就觉得心里不是滋味。他央求爸爸,让自己穿的衣服和朋友一样。没过多久,他的衣服发紧了。这就是说,他的日常生活用品不会长大。

朋友不长大,房间也……他好像忽然想起了什么,趴下去仔细观察床腿儿。他记得小时候曾在床腿上刻了个十字花,他一条腿儿一条腿儿地检查。

床腿儿上没有找到十字花。

他从地上蹦起来,不安地向四周张望了一下。床本身并没有长大,那么说,是有人在他不注意的时候,偷偷地把床换了,椅子和桌子大概也都被……他目不转睛地盯着椅子背。他想起了从游戏室消失的"朋友"。"朋友"在某些地方跟这些椅子、桌子、房间等等有相似之处。"朋友"没有长大,桌椅、房间也都没有长大,只有他一个人……

突然,一种恐怖气氛包围了他:只有自己一个人长大,而且越来越大,将要顶到天花板……

"爸爸!"他背靠在墙上低声说,"我……我究竟是个什么东西?为什么只有我自己长大?"

没有听到爸爸的回答。

"妈妈……"他有生以来第一次呼唤这个奶妈教给他的称呼,"奶妈……你们大家都到哪里去啦?"

他紧紧地倚在墙上,睁大眼睛抽泣着,却没有眼泪流出来。

心情渐渐地平静下来之后,他想了许多。这里是什么地方?为什么我在这里?妈妈、奶妈和"朋友"究竟都到哪里去了?趁他不注意换掉床、桌椅的是谁?每天早晨在他还没睡醒之前把一天的饭菜放在桌上的又是谁?

还有,爸爸究竟在哪?

他在"家"中到处搜寻。四楼和二楼被封上了。五楼是体育室和图书馆,还有摆满高级教育训练机器的自习室。三楼是他的房间、娱乐室,还有一个已经上了锁的保育室,但从窗户可以望见里面。

就这么几间房子吗?他疑惑不解地扫视了一下有些弯度的楼道。楼道尽头不像是墙壁,倒像是卷帘门。电梯的指示器是从1到12,可是无论他怎么按电钮,电梯都只到五楼。六楼以上有什么?1下面的 M·P 标记是什么意思?楼道尽头的那边是什么?妈妈、奶妈,还有"朋友",会不会就在六楼上面或一楼下面的某个房间里呢?

他很焦急,用手敲敲墙,又用整个身体去碰撞电梯操纵按钮。可是,墙壁纹丝不动,操纵按钮也只是一个劲地忽亮忽灭。他又来到体育室,没头没脑地打了一阵沙袋。他一边打一边把牙齿咬得咯咯响,哭泣起来。他胳膊累了,额头上的汗水流到了眼里。最后他又用头撞沙袋子,弄得满头是血。他气喘吁吁,伏在地板上哭泣着。这时,不知是谁伸出一只冰凉的手,轻柔地抚摩了一下他的额头。

他用力睁开发疼的眼睛,眼前出现了一张从来没见过的白皙、慈祥的面孔。

"妈妈?"他情不自禁地问,"奶妈?"

白皙的面孔微微摇了摇头。

"我是来安慰你的……"那个长发女人拽着他的手把他扶起来，微笑着说，"快，回你的房间去吧。"

他回到房间，站在角落里问："你是谁？干什么来了？"

"我，是你的女朋友……"她微微一笑说，"是来安慰你的。"

"你，很快会离开这里吧？"

"不，我一直留下来。这是你爸爸的命令。"

四

他手里拿着一根古怪的金属棒，走进了电梯。

电梯在二楼停下来。他用金属棒拨开了电梯天花板的盖子，纵身一跳，爬进了天花板里。里面传出劈劈啪啪的爆裂声。不多会儿，他拽出一根从电梯里拆下来的长长的电线，从里面爬了出来。他又从衣袋里取出一个小器械，把电线接到那上面，然后他毫不犹豫地朝二楼楼道的卷帘奔去。他把那个小器械牢牢地安在卷帘门上，扳动开关。紧接着，轰的一声冒起火花，卷帘门被割开了。

"哎！"传来爸爸的声音，"你要干什么？"

"爸爸，我想知道……"他昂着头说，"我想知道这个'家'里的一切一切。"

"那个器械你是从哪儿弄到手的？"他爸爸狼狈地说，"你别不是……"

"噢，对的！爸爸，这是我女友身体上的一部分。"他怪声怪气地笑，"是爸爸教会了我使用机器。还有，我已经想过了，过去爸爸叫来的'朋友'和我不一样，他没有长大，床也没有长大。所以，'朋友'和床一样。床是工具，工具和机器同属一类，所以'朋友'也是一样的。而'女友'和'朋友'几乎没什么不同，她和'朋友'一样，也不会出汗，所以我推理她也是机器。我的判断是没有错的，'女友'已经被我分解了，爸爸！"

"你怎么能这样干?！"他爸爸喊叫起来。

"我要用自己的力量把这个家的一切一切都弄明白！我再也等不下去了！"他眼带凶光，望着被割断的卷帘门，"'女友'体内有各种各样的机器。多亏爸爸教会我使用这些机器，我从中选出了那些可以使用的机器，我还学会了从电梯中引出电源。"

"快给我住手！"他爸爸喊道，"这是命令。快点住手！"

"我就不！"他望着被割开直径一米左右的卷帘门说，"你从来就没问过我有什么愿望和要求。如果你和我都不是机器的话，那么我和你就是平等的，我有权利不听从你的命令。如果你是机器的话，那我完全可以分解你，那样你就不会再发号施令了。"

"住手！"他爸爸又重复了一遍。

"我就不！"他坚决地说，"我已经等不耐烦了。无论如何，我也要弄明白这个家的全部情况！"

"到时候我会全都给你看的，你怎么能……"他爸爸说，"这可是最后命令，快给我住手！不然会受惩罚的！"

他毫不理会，侧身往卷帘门的洞里钻去。就在这一瞬间，一道紫光从地板上闪过，可是他却满不在乎地高声笑起来。

"看到了吗？爸爸……"他抬起缠在脚上的古怪的东西给他爸爸看，然后大声喊，"这是'女友'的皮肤，还是你告诉我的，这东西是用绝缘材料做的。"

呜——随着一声啸叫，一条鞭子从墙上飞下来。他敏捷地躲闪过去。

"我已经不是小孩子啦！"他嘲笑地说，"不会再像过去那样听任你摆布。"

鞭子从四面八方接连不断地飞来，他都漂亮地躲过去了。他挥动手中的金属棒挡住飞来的鞭子，冲进了那个排满古怪的巨大机器的房间，顺势跳到了一台有巨大金属钻头的机器上。

"住手!"他爸爸惊慌失措地喊起来,"你可千万别动它!"

"我要用它在所有的墙和卷帘门上打洞,然后再揭开你的真面目。"他得意地说。

"等一下!"他爸爸喊叫,"你听我说!"

他全然不理睬,伸手就要去按起动开关。这时,地板轰地震动了一下,紧接着墙壁上的照明灯忽灭忽亮,并且断断续续地传来好似怪鸟鸣叫一般的声音,墙壁开始摇动。

"怎么回事?"他有点惊慌,收回要按起动开关的手,"爸爸,有什么异常吗?"

"我停战……"不知为什么,他爸爸的声音断断续续的,"儿子……帮我一把,救救我吧。刚才光注意你了,没想到出了大麻烦。现在只有你能挽救这个危难。"

"到底怎么回事?"他紧张地听着仍旧响个不停的刺耳的声音追问。

"你冷静一点。我希望你能照我说的去做。现在不是咱俩打架的时候。如果眼看着这危险不管,不仅我会死掉,连你也会死掉。"

"死?到底出了什么事?爸爸,你快说呀!"

他爸爸沉默了一会,哀求似的说:"你快救救我!是我把你养大成人的。"

"有个条件。"他说,"我照你说的去做,不过你得把这个家的全部都让我看。"

"好,让你看……"他爸爸说,"快点,快穿上那套衣服,然后到外面去。"

"外面?"他不解地问,"什么叫外面?"

"好啦,别再问啦!快点!"

他跳下机器,把那套奇怪的衣服套上、系紧。然后,他遵从爸爸的命令，带着几种小器械进了一间小屋，把腰上的长缆绳挂到屋子中间的钩上。他又照他爸爸的指令操纵了几下屋子角落的一个方向盘，天花板突然开了，他一下子被抛到天花板上。

定睛一看，腰上的缆绳绷得紧紧的，自己已经来到了一个非常开阔的地方。四周漆黑一片，无数个闪闪发亮的光点被镶嵌在黑暗的底部。

"这间屋子可真大呀！"他惊异地叫起来，"家里还有这么宽敞的房间，你怎么不早告诉我呢？这就是你所说的'外面'？"

"好啦！别再浪费时间啦！"他爸爸焦急地说，"快照我说的去做！"

他照爸爸说的打开了照明灯，眼前浮现出一个巨大的银色物体。略有弯曲度的墙壁向左右展开，一眼望不到头。看着眼前这个咕噜噜旋转的物体，他一时不知如何下手，只好照爸爸的指令，攥着缆绳，紧贴着墙壁，穿着吸力鞋向墙的一端走去。很快，他发现了一个巨大的褐色块状物体。他用钻枪在块状物体上打了个洞，填入炸药。20秒钟后，块状物体被炸得粉碎，墙壁摇动几下，露出了一个洞。他再次按照指令，不顾汗水在衣服内流淌，用一块金属板挡在那个洞口上，做了临时应急焊接。

"怎么样？这回可以给我看家里的一切了吧？"他回到原来的屋里，顾不上擦一把汗水就说。

"还有一件事得让你干。"他爸爸说，"你快去十二楼，按我说的干。"

他很不情愿地遵命了。他是第一次上十二楼。这是一间很奇特的屋子。屋里排满了屏幕，还有弧状的中心控制台和高高的椅子。

"爸爸！"他指着屏幕问，"那些在黑暗处发亮的灯是干什么的？"

"好啦好啦，快坐到椅子上，系紧安全带！"他爸爸指示。

按照爸爸的指令，他不停地按电钮，扳动操纵杆。在其中的一个屏幕上，一个发亮的圆形物体越来越大，同时，整个十二楼呼隆呼隆地剧烈摇晃起来。

"怎么办？"他坐在椅子上喊，"出什么事啦？"

咚的一声，椅子顶破天花板，紧接着他的身体被一股强大的力量控制住。

五

等摇动停下来之后，他爸爸继续命令他。他再次穿上那套衣服，来到外面的"房间"。那里的情景和刚才不一样了。他的身体也不能轻飘飘地向上浮了。在比一楼还靠下的地方，有一片开阔的但凸凹不平的地面伸向远方。在镶嵌在漆黑的天花板上那些红色、蓝色、橘色、绿色的各色小灯的照耀下，坑洼不平的地面发出昏暗的光亮。再往远处看，能看到锯齿形的墙壁。

原来还有这么开阔的房间，我怎么一直不知道。他按照爸爸的指令工作着，不时地为这间大得出奇的房间惊叹。

他干得都厌烦了。他接通了全部电线，接通了管道，换上了零件，最后把外挡板牢牢地焊好。

"好啦！这次行了吧?!"他一边擦着汗，一边说，"爸爸，你可对我保证过，说让我看这个家里所有的房间。"

"行！行！行！我一定让你看。"他爸爸说，"在看以前，我有些话要对你讲。"

"你的说教我已经听够了!"

"你听着，这些话很重要。我本来应该在到达目的地之前的200天，开始一点点讲给你听!"他爸爸说，"可是，由于一场意想不到的事故，我们临时降落在这个星球上。所以，我要告诉你，你现在站立的地方是宇宙飞船，我是一个被编入宇宙飞船的电脑机器人。"

"你原来也是机器呀?"他问，"那么我呢?"

"你是人。在很早以前，在一个叫作地球的遥远的星球上，出现了人类，他们创造了高度的文明。他们制造出机器，后来又造出了像我这样的被称为'第二人类'的电脑。可是后来，你的祖先居住的地球毁灭了，在此之前，散居在宇宙其他星球的人们想把自己的种类输送到更遥远的宇宙中去。"

"什么宇宙啦、地球啦，我怎么一点也不懂?"

"我先给你大概说说，以后再详细解释。地球上的人起先移居到了地球之外的其他几个星球上，可是也有些人继续在茫茫宇宙中漂泊，为了寻找更遥远、更适合地球人居住的星球。正是我们这些机器帮助了他们漂泊和探索。许许多多的地球人如果都去漂泊，那是很不经济的，于是，'第二人类'的我，贮存了关于地球人的一切记忆，带着几百份地球人的种子，乘坐宇宙飞船去漂泊，寻找星球。这只宇宙飞船中的设备，只够一个地球人生活和接受教育。除此之外，飞船上还装满发现了合适的星球时地球人在那里繁衍生存所必需的东西。因为在到达目的地之前，要经过漫长的旅行，我接受了任务在宇宙飞船中把一个地球人的种子养育成人。这个人到达目的地，将成为那里的第一人，同时还要成为我们机器人的助手。在极其原始的阶段，根据多变的情况造出合适的工具。这种工作最适合由人来承担。更重要的是，他会成为处于未知状态下的人的基准尺度，会成为检测那个星球是否适于人类居住的实验装置。任何电脑也不可能全部记住有关人和其所处环境的数据变化情况。比如说，当然啦，这些听来可能有些残酷，未知的细菌、未知的气体、未知的放射线长时间给人带来什么影响，这些问题只能靠人去研究。因为电脑不会生病呀……"

"你说完了吗?"他打开二楼楼道的卷帘门，将一个奇特的运输工具卸到坑洼不平的地上说，"好啦，我现在要照你刚才许诺的那样，把一切看个明白。"

"哎……"他爸爸惊异地问，"你要到哪儿去?"

"你问我去哪?！我去看所有的房间。"他指着略带弧度的地平线说，

"你说的，我已经全都做了，我再也不听你的了。"

"等等我！"他爸爸对着已经跳上机器开动马达的他大喊大叫道，"那边不是房间。这个星球在我们临时降落之前，任何情况都不清楚，连大气都没有！无人探测飞船所报告的适合人生息的星球还在前面……"

"那边的小房间以后再看。"他在舱盖里挥着手，加快了自动穿甲飞行器的速度。"最要紧的是先把这个大房间彻底查一遍。"

"不行！你给我回来！"他爸爸大声喊道，"还有很多东西没教给你呢……"

在远去的飞行器上，他从敞开着的舱盖中探出头来，手扶着宇宙服的头盔。

"唉，真热。弄得我满身大汗。"他自言自语的声音通过宇宙服头盔上的振荡器传到了他爸爸的接收器上。

"这玩意儿真多余……"他说。

"住手！"他爸爸发出刺耳的尖叫声向他报警，"千万不能摘头盔！"

就在这一瞬间，接收器里面传来嗖的一声响和悲惨的哀叫。他爸爸呆呆地睁着电眼，看到载着血乎乎软瘫瘫的宇宙服的自动穿甲飞行器摇摇晃晃地朝着地平线永远地飞去了。

这一对奇异的父子就这样永远地分手了。他的爸爸失败了，但他决心重新从头做起，而他却因一时性急永远永远地毁灭了、消失了。

（王彦良　王健宜　译）

再见了，大个子！

〔日本〕中尾明

一　最后一次游玩

我叫蓉子，8岁，是小学三年级学生。

哥哥叫小进，13岁，是中学一年级学生。

我们俩都是在火星生，火星长，最喜好游玩。我们每次出游，必得有大个子机器人跟着。大个子本来叫P203号家用机器人，因为个子大，为了方便起见，大家干脆叫他大个子。

今天，我们放学回来，穿上宇宙服，坐上喷气车，到火星沙漠玩去了。

火星上也有空气一样的东西，但和地球上的空气不同，人不能呼吸。因此，火星市居民点的楼房都密实地罩上大圆顶，里面充满了同地球上一样的空气。所以，外出得穿宇宙服。

穿上宇宙服，到处都可呼吸新鲜空气，还能御寒防暑。宇宙服的头盔里装有无线电话，可以同他人自由通话。

机器人可不需要宇宙服。没有空气它不在乎，也能耐热抗寒。所以大个子每次出游时，只穿一条蓝短裤。

呼呼呼——

银白色喷气车卷起通红通红的沙尘，飞驰而去。

哥哥驾驶着车子。

"爸爸、妈妈也太狠心了！竟要把大个子扔掉……"

哥哥一边儿嘟囔，一边儿用劲开大油门。

"超速了，小心点！"大个子轻声提醒说。

"当心哪，哥哥！"我也害怕地求他。

"蓉子，你沉住气呀。现在，咱们是去机器人坟地，去扔掉大个子呀。"哥哥焦躁地喊道。

"真没有办法！"

要向大个子告别，我心里非常难过，可也没有法子。

我们心里万分焦急，极端痛苦，可是马上要被抛弃的大个子，却像与己无关似的仍旧轻声说道：

"在火星上，P型家用机器人不能用20年以上。规定出厂后20年就要扔掉。"

"可是你的部件都还能用啊，是这样吧？"

哥哥一问，大个子摇了摇金属脑袋说：

"总而言之，遵守人类制度的规则是机器人的义务。"

"哼，规则又怎么样！"哥哥厌恶地耸了耸肩。

喷气车又开大油门，驶过了环形山麓。环形山的山顶深凹下去，那是因为火山喷火或流星撞击而形成的。

对我们来说，与其说大个子是家用机器人，不如说是家庭成员。早在我们出生前，大个子就到我们家了。我们出生后，它身兼三职：保姆、游伴和家庭教师。所以，他对我们了如指掌。

"小进，你生下来才4斤9两，很小。蓉子生下来6斤1两，比小进大，很结实。”

机器人只要记住一件事，就决不会忘记。

“小进的体质差，爱哭，老是哇哇地哭个不停。况且，7岁以前，似乎每晚尿床。”

“唉呀，讨厌死了。”

我不由得笑了起来。哥哥一听满面通红，噘嘴说：

“大个子，我们当娃娃时的事，算了吧！”

“是，知道了。小进7岁以后，身体结实了。现在已是13岁的少年，个儿挺大。”

“那是多亏了你呀。”哥哥悄声说。

教哥哥开喷气车的也是大个子，多可惜呀，我原来还想等上了中学以后跟大个子学开车呢。

大个子的手只有三根手指头，可做起细活来却胜过人。它的拳头顶30个人的力量，能砸碎坚硬的岩石。

通常，机器人总是服从人的命令。可实际上，它常出故障，不听人的话。特别是自动控制装置失灵后，它就会无所适从。这时，有的机器人还会抡起铁拳揍它的主人。但20年来，大个子没出过一点故障。按人的说法，它是个优质机器人。

然而，火星市有个规定：“凡家用机器人，出厂后20年不得再用。”

机器人一到20年，部件遭到磨损，容易出故障。昨天，大个子刚过了第20个生日。

“按规定，明天必须扔掉大个子。”

爸爸当着大个子的面，脱口说出了这样一句话。

“不行！大个子还好好的，干吗要扔掉它？”哥哥大声喊道。我也拉着爸爸的胳膊央求说：“我不离开大个子！不行！不行！”于是，爸爸抚摩着我的头说：

"我也喜欢大个子。要能不扔，就不会扔。可是用过20年的机器人很危险啊。里面的部件已磨损。外表看上去挺好，可一旦出了毛病，铁拳头就会像砸西红柿那样砸你们的脑袋呀。况且，过了20年的机器人出了事故，也领不到保险金。"

"可是要扔掉它，太可怜了……"我终于哭了起来。

这时妈妈开口说：

"你们都乖乖儿地听话！爸爸是火星市警察局长呀。专门监督人们遵守规则。所以，爸爸自己决不能违反规则。你们明白吗？"

这样，哥哥终于想通了。

"那好吧，我去机器人坟地把大个子扔了！"

哥哥主动把这件苦差事应承下来。

"我也去。"我用手背擦着眼泪说。

这样，哥哥和我领着大个子作了最后一次郊游。

二　山里的坟地

不久，我们前面出现一座光秃秃的石山。山高约30公尺。

"那是机器人坟地。"

哥哥减低了车速，缓缓地行驶着。他尽心竭力地推延着同大个子告别的时间。

"大个子，咱们就要分别了。"我心里一酸，哽咽得说不出话来。

可大个子却冷淡地回答说：

"是，要告别了。"

机器人并没有感到凄凉和悲伤。

哥哥终于把喷气车驶进了陡峭的山脚。那儿早已停着一辆黑色喷气车。

"也许是火星市的人来扔家用机器人吧。"

哥哥把银白色喷气车停在黑色喷气车旁。

大个子先下车，把我抱起放在它的右肩上。然后，它向石山的一条山径走去。机器人坟地在山顶上。

"不要走那么快嘛！"哥哥大声喊道。

于是大个子问："小进也要抱吗？"

"别胡说，这样的山我自己能爬！"哥哥不由得眼泪盈眶。人要把大个子扔掉，可它却仍旧一心为人效力。

"走吧！"

大个子扛着我。迈开铁脚，沿着山道，一步一步地走向自己的坟地。

来到山上，我看见了一个身穿宇宙服的人。他旁边站着一个弄脏了的家用机器人。它身后的火山口，张开了一个可怕的大嘴。

身穿宇宙服的男人，打开机器人的前胸，正在取电池。

"啊！"

那人瞪了大个子一眼，向哥哥招呼说：

"你也来扔机器人吗？"

"是啊，到昨天已用了20年了。"

"嗯，那么说来，你们的机器人保养得还真不错。看上去好像才用了五六年的样子。而我家的机器人却只用了12年，就到坟地来了。里面重要的自动控制装置全弄坏了。"

他边说边取出电池，用一只手把伫立不动的机器人的脸推了一把。

机器人仰面朝天地倒下去，哗啦一声，向着火山口的深凹处落下去了。

金属撞击岩石，在火山口里激起了深邃恐怖的回声。

"活该，不中用的机器人！"

机器人掉进坑后，那人吐了口唾沫说：

"啊，这下子痛快了。这星期，从地球上预订的优质新型机器人就要到啦。那么，我先走啦!"

那人冲我和哥哥笑了笑，一边哼着歌儿，一边下山去了。

我从大个子肩上提心吊胆地俯视着坟地那个深坑。坑的直径300公尺，深30公尺，机器人横七竖八地躺满了一地，也许是摔坏的吧! 手、脚和脑袋都散得七零八落。而且坑壁黑洞洞的，这坟地阴森可怕，我吓得全身直哆嗦，赶紧把视线从那些已成废铁的机器人身上移开。

"大个子，就要分别了。"哥哥说道。

"是。"大个子把我从肩上轻轻放在哥哥身边，径直走向坟地深坑。

"多承你们帮助，谢谢! 祝你们健康!"

我实在不忍心去看大个子，于是低下了头。我的喉咙哽咽得说不出一声"再见"来。

哥哥打开大个子的前胸，取出了电池，电能用完了。

这时，只要像刚才那人一样，朝大个子的面部一推就完事了。可是，哥哥未曾向大个子伸手。他正在抽抽搭搭地哭的时候，蓦然看见了刚才那人丢下的电池。

"他忘记扔到坟地里去了。"

哥哥随后捡起了电池。

"好重哪! 剩的电能够用10天呢!"

突然，哥哥脸上露出了愉快的神情。

"对了! 没有人会逐个检查被扔进坟地的机器人的。"

哥哥冲我微微一笑，把那个电池塞进大个子的前胸，关上了盖子。

电能又有了，大个子摆了摆脑袋，望着哥哥问道:

"怎么回事?"

"不扔了!"

"不扔了?"

"对呀，怎么能把你扔进坟地做废铁呢！好了，刚才装上的电池够用10天，等那个电池快用完的时候，我会拿新电池来的，你就藏在那边吧？"

哥哥那双眼睛里闪烁着光芒，可是大个子却轻声说道：

"不行，决不能违反规则！快取出电池，把我推下坟地吧。"

"住口，不要胡说八道。我还是你的主人呢！"

"可是……"

"讨厌！你要等我下次来！"

哥哥斥责了大个子一顿，拉着我的手下山去了。

我一点儿也不明白哥哥打的什么主意。不过，对他不扔大个子的做法，我是很赞成的。

我们坐上喷气车，嗖的一声开走了。

喷气车又卷起沙尘，飞驰而去。

"危险，危险！超速了！"山顶上传来了大个子的喊叫声。

三　大个子不见了

我和哥哥从机器人坟地回来，爸爸见我们不很悲伤，也就放心了。

"怎样啊，向地球工厂再订一个新的家用机器人吧？"爸爸问道。

"不用了，没有机器人，我们坐上喷气车哪儿都能去。"哥哥拒绝说。

过后，爸爸、妈妈不在时，哥哥叮嘱我说："大个子的事，要绝对保密呀！?

"好！"我点头答应说。对当警察局长的爸爸隐秘不说固然不好，但是为了大个子也是出于不得已。不过，我心里可是担心极了。给大个子装的电池能用10天吗？要是有人去扔机器人，发现大个子怎么办呢？

我去学校上课时，大个子的事老在我脑海里萦回。

第五天下午，哥哥悄悄对我说：

"蓉子，好不容易弄到了新电池！明天是星期天，咱们俩趁早去石山吧！"

听哥哥这么一说，我才放下心来。

不料，当晚爸爸从警察局回来，对我们说："最近，火星市缺金属材料，打算从机器人坟地回收废机器人熔化再用。"

啊，这可不得了！

我全身直哆嗦。

哥哥真不愧是中学生，他佯装不知，向爸爸问道：

"噢，什么时候回收呢？"

"说明天用大型起重机回收机器人。以前扔掉的机器人至少有七八十个，工作量很大呀。是啊，大个子那个家伙的金属材料挺新，还可派用场。"

爸爸这一席话吓得哥哥脸色苍白。

要是回收机器人时发现了大个子，那可不得了。那时，能源中断，大个子便无法藏身。

我放心不下，彻夜难眠。

次日清早，哥哥和我驾起喷气车，直向机器人坟地驰去。我的座位下，藏着一个新电池。

喷气车驶进石山背后，刚刹车，忽地闪出了大个子健壮的身躯。

"大个子，不好啦！起重机马上就要开来啦！"

哥哥把新电池放进大个子的前胸，详细解释道：

"要从30公尺深的坑里，把七八十个机器人吊上来，得花两天时间呢！在这期间，你千万别上这儿来呀！"

"可是，也不能老是东奔西跑啊。以后，该怎么办呢？一旦被别人发现，你、蓉子，还有你们的爸爸都会因为违反规则受罚的。"

大个子一个劲儿地劝阻我们就此罢手。

"讨厌！现在我脑子里想的是把你藏好。好吧，绝对不要莽撞，不要被人发现呀。"

哥哥同大个子商量好之后，坐上了喷气车。

"等一等！中途遇到人们来回收机器人，就麻烦了。"

我们特地兜了一个圈子，就回火星市圆顶了。

过后不到两小时，去机器人坟地的人传扬出一个出人意料的消息。

"扔在坟地里的机器人，一个也不见了。就连七零八落的手和脚，也毫无踪影！"

火星市内，舆论大哗。

"莫非机器人都复活逃出了坟地不成？"

"谁又会相信竟有人去偷那些废铁呢？"

"不，会不会突然发生山崩，机器人全被埋在地下了？"

城里各种猜测和谣传不胫而走，但真相不明。

总之，几十吨废铁从30公尺深的坑里不翼而飞了。

哥哥歪着头，心中有些纳闷儿：

"我们刚才在石山脚遇见大个子时，山顶深坑里的废损机器人就不在吗？"

我也感到莫名其妙。

"我说，哥哥，也许大个子知道这个秘密！"

"对呀，咱们去找大个子！"

我们本想马上去见大个子，可是搜查工作要进行好几天，无法靠近机器人坟地。

一星期后，搜查工作结束了。失踪的机器人还是下落不明。

"喂，出发！"

哥哥和我坐上喷气车，朝着机器人坟地驶去。

我们把喷气车停在空荡荡的山脚下，等了半晌，仍没见大个子的身影。

"警察们每天在山周围转来转去，大个子准藏起来了!"

哥哥驾着喷气车，沿山脚一圈又一圈地转起来，我们俩不时地停车，一起喊：

"大个子，你在哪儿?"

"大个子，快出来!"

找了两个小时，不见大个子的影子。最后，为慎重起见，我们爬上山顶去看。

正如大家所说，坑里一个机器人也没有。连零零碎碎的铁片，都像磁铁吸走了似的，一无所剩。

究竟是怎么回事呢?

我们一直等到天黑，还是不见大个子的影子。

"这家伙一定藏得相当远!"

哥哥终于失望地对我说：

"蓉子，今天就回去吧!"

此后，哥哥和我几乎每天放学都要去机器人坟地。每次都要从机器人坟地一直找到相当远的地方，可还是不见大个子的身影。

"大个子这家伙，电用完了会怎么样呢?"

哥哥焦躁地嘀咕，我的眼泪扑簌簌地掉了下来。

我们总是在座位下准备有新电池，可都是白搭。

一个月之后，我们也死了心。大个子纵然藏了起来，可电池一用完，它也就不能动弹了。

最后一天，我们俩登山环视地平线，哥哥突然大声喊叫起来：

"傻瓜，笨蛋! 笨蛋! 大个子糊涂虫! 蠢货!"

哥哥边喊边哭，我也泪如雨下。

四　夜半地震

两年过去了。

我成了小学五年级学生，哥哥上了中学三年级。我们也常常想起机器人失踪事件，但大个子丢失后引起的悲伤已经过去了。

一天夜里，火星市突然被地震从梦中惊醒。

我家的地下住房咯吱咯吱直响，一阵摇晃，好像马上就倒塌似的。

"小进！蓉子！快穿上宇宙服，到外面去！"爸爸大声喊道。

"快，快走哇！"妈妈紧紧抓住了我的手。

四个人总算平安到了地面。地震很短促，但火星市坚固的房屋几乎都毁坏了。地面尽是裂缝。到处塌陷，连密密实实地罩着火星市的圆顶也裂成了两半。

火星上没有地球上那样的空气，居民点罩着圆顶，充满了空气。圆顶一破，空气就完全消散了。

"不只是圆顶，可能地下住房的空气输送装置也坏啦！幸亏我们穿了宇宙服，不然就没救了。"

"说其他人都平安无事，不过……"

爸爸和妈妈在寻找熟人。我紧紧抱住哥哥，仰望着圆顶裂口外黑咕隆咚的天空。

很快，身穿宇宙服的市民们都聚拢到一块儿来了。哎，全市只有一半市民从地下住房和工厂来到地面。

市长对爸爸说：

"重建这座城市，得花费一年时间呀！"

"可从明天起住在哪里呢？日子怎么过？沙漠避难所也容纳不下全部幸存下来的市民呀。况且，没有吃的。"

爸爸忧心忡忡。

他们俩商量了一阵，看来只好撤回地球了。可是又不能马上离开火星，因为火星机场的宇宙飞船都被地震破坏了。

市长向大家说：

"刚才，我已经用宇宙电话向地球呼救。不过，等地球上的宇宙飞船开到，至少也要40天。在这之前，我们能否维持下去……"

听市长一说，我更加忐忑不安。幸存的人们都挤在一块儿，瑟瑟发抖，等待黎明。

拂晓，哥哥蓦地跳起来，大声喊道：

"啊，那是什么呀？"

我也站起来，顺着哥哥指的方向望去。

沙漠那边儿，沙土滚滚，正以惊人的速度越过沙漠，朝火星市奔来。

"也许是强劲的旋风呢？"

爸爸和妈妈也站起来了。

越来越近，在红沙尘漩涡里，有一片黑压压的东西。

"哎呀，是机器人！有五六十个呢！"

哥哥眼尖，第一个认出了对方。

"哪儿来的机器人呢？"

"火星市不会有跑得那么快的机器人呀！"

大伙儿都站起来，心慌意乱地注视着奔来的机器人。

突然，哥哥身子一跃，越过圆顶裂口，径直向沙漠奔去。我也跟随而去。

"你们上哪儿去？"

"危险啊，快回来！"

不论爸爸妈妈怎样喊叫，我们俩都没停步。

"喂，大个子！"哥哥喊道。

"大个子!"我也边跑边喊。

我们俩一喊,跑在前头的那个机器人嘎地一声刹住了。果真是大个子。

"你还在呀!"哥哥一把抱住了大个子。

"是啊。"大个子左手抱住哥哥,右手把我抱起轻轻地放在它的肩上。

完全同两年前的大个子一个模样。这会是真的吗?我向大个子问道:

"你是从哪儿弄到新电池的?"

"我自己做的。还给其他机器人做了……"

大个子指了指它身后的一伙机器人。原来都是被扔掉的。

"是吗?就是说,是你把机器人弄走的吗?"说完,哥哥若有所思地点了点头。

这时,市长和爸爸赶来了,市长气喘吁吁地向大个子问道:

"可也怪呀!又要造电池,又要修复废机器人体,你是在哪儿搞到材料和工具的?"

"我带着你们去参观一下那个地方吧,请上车!"

大个子指着一辆完好无损的大型喷气车。

先是哥哥和我,接着是爸爸和市长上了车。看来市长和爸爸都忘了责备我们没按规定扔掉大个子。

"出发!"大个子自己坐上了驾驶台。

五 再见,大个子!

喷气车越过红沙漠,速度越开越快。

"大个子,你要把我们带到哪儿去?"

哥哥一再询问,而大个子却冷淡地答道:

"去了就明白了。"

一直跑了300公里，地平线上出现了一个巨大的圆顶，在阳光下，圆顶如同宝石一样闪闪发光。

"哎呀，那不是从前火星基地的遗址么？"市长从座位上探出了身子。

当初，人们刚到火星时建造过一种简易住宅区。这就是那个火星基地。

"对呀，那儿就是两年前遗留下来的火星基地。我们用那儿的材料，做了很多电池，开动了其他机器人。建立了第二个火星市建立的住宅、工厂、农场……并不比你们人类造的火星市逊色。"

大个子说的句句是实话。

市长和爸爸实地看到第二火星市漂亮的建筑和设备，惊讶得说不出一句话来。

"你是拯救火星市人的英雄啊！"哥哥一把搂住了大个子粗壮的脖子。

我也赶紧说："再上我们家来，咱们一起去玩吗？"

"这可不行了。"

"为什么呀？是像我们这样的孩子配不上你吗？"哥哥噘起了嘴。

"哪儿的话呀！我现在还是小进和蓉子的机器人。"

"那么，为什么不可以生活在一起？"

"我因劳累过度，自动控制装置的部件已经磨损……行动不便啦。而且这种部件，火星市现有的材料无论如何也生产不出来。"

"可以叫地球送来呀！"

"不，已经晚了……"

大个子说着，打了个趔趄。

"喂，大个子，挺起来！"

哥哥用力扶着大个子，我也使劲抱住大个子的铁胳膊。

"我的寿命到头了。来吧，快把我送到机器人坟地去！"

大个子踉踉跄跄，坐上了喷气车，好像它的部件骤然不中用了。

"好，我来开车！"

哥哥坐上驾驶台，让我坐到旁边。

喷气车嗖的一声开走了。

两小时后，哥哥和我同大个子一起伫立在机器人坟地的山顶上。

大个子胸膛里不时传来一种讨厌的唧唧声。

"咱们三个是第二次站到这儿。可是，这次真要告别了。请多多爱护其他的机器人。只要保养得好，就能用10年……不，20年……"

大个子的声音低微，慢慢悠悠向我们伸出了右手。

"你不能死呀！"

"大个子，别死！"

哥哥和我紧紧地抱住了大个子的身体。

"再见了……小进，蓉子！"

大个子轻轻地把我们推开，自己滑进了深坑，传来了轰隆轰隆的响声。

大个子朝坑底跌落下去，蹦跶了几下，便在这空落落的坟地，仰面朝天地躺下了。

它这样躺着，再也没有动弹过。

大个子死了。

这时，哥哥和我的身影从山顶一直伸展下去，同大个子重合在一起，好像在同大个子拥抱。

（盛树立　译）

腾格里峰之鹰

〔中国〕郑文光

一

腾格里峰沐浴在冰雪中，光华璀璨。

少年登山队到达这5500米的第四号高山营地，已经一个星期了。他们正在讨论，明天精选出来的七名队员将要向6996米的主峰挺进。他们，这些年龄从12到15岁的男女少年，将要到达天山山脉西部的这座著名的高峰峰顶。

群山肃穆，庄严峻丽，午后的太阳斜斜地射过来，冰雪覆盖下的山峰发出亮闪闪的寒光。那陡峭的冰壁，斜斜伸出的雪檐，全都镀上一层变幻不定的色彩。阳光所照之处，宛如升起玫瑰色的烟霞，然而周围却仍然是冷冷的青色……

于小鹤坐在一张小马杌上，静静听着登山队的林教练讲话，但是他的滴溜溜转的眼珠老是望着山垭的那一边。他那锋利的目光，早就看到有一只鹰在天边慢慢盘旋。自从少年登山队进入腾格里山区以来，他经常看到这只奇怪的鸟。它周身不是麻灰色的，而是暗绿色的，翅膀展开来有7尺多长。它经常在营地附近飞翔，却又尽量小心不让自己靠得太近。在这冰雪茫茫的世界，一只老鹰有什么好恋恋不舍的呢？……

"于小鹤！"

他听见了林教练的有点沙哑的声音。然后，大伙儿都转脸看他，鼓起掌来了。

唔？他抬起惶惑的眼睛。大伙儿瞧得他不好意思。幸亏林教练又喊下一个名字了：

"朱晨！……唐大钟！……"

啊，原来这是突击主峰的人员名单。于小鹤高兴得跳起来。这是多么大的光荣呀！可不，在这支近百人的队伍里，只有最勇敢、最强健、最有毅力的队员，才被选拔出来，而于小鹤恰好是其中的一员。

"顾翡翠！……马文萍！……"

于小鹤鼻子里哼了声。哼！丫头片子，怎么也配突击主峰？是林教练念错了吧？看这两个丫头，满脸红光，连眉毛眼睛都带笑。原来这是真的！"到时候准得哭鼻子。"于小鹤心里想。他不当心把这话轻轻说出来，旁边坐着的唐大钟捅了他一下。他望望四周，幸亏没有人听见。于是，他朝唐大钟吐了吐舌头。

唐大钟是他的好朋友，没得说的。两个人来自同一个学校：北京385中。从小学起，他们就是同班同学。他们俩没有红过脸，进入腾格里山区以后，两人更是形影不离，在适应性行军的时候，往往是林教练打头，于小鹤第二，唐大钟第三。结组前进的时候，于小鹤也不肯和唐大钟分开。可是林教练说，他们两人体力都比较好，应该帮助体力较差的同学，特别是女同学。这次从4000米高的三号营地出发，于小鹤小组和唐大钟小组就是脚前脚后，但是当于小鹤越过一道冰缝的时候，没有看见唐大钟小组跟上来，他有点忐忑不安了。正好他那组有个女同学崴了脚，他下令就地休息，他自己呢，返身回到冰缝那儿，正赶上后面有一个组的人在跨越过来。

"唐大钟呢？"于小鹤慌慌张张地问。

刚过来的朱晨摇摇头，表示没有看见。于小鹤着急起来了。这冰缝，宽3米，深不见底，俯身下望，冰缝下是黑黝黝的峡谷。掉下去可不是玩的！他要马上去报告林教练，但是一转身，却看见唐大钟小组三个人正绕过一处山坡，从侧边走过来。

"你们到哪儿去了？"他埋怨地问。

"于小鹤！"唐大钟兴高采烈地说，"那边有一道挺好的桥，又安全又舒适——唔，是林教练他们搭的吧？"

桥？于小鹤怎么一点儿不知道？唐大钟看他一脸惶惑的样子，拉着他的手要他去看。正好林教练从前面折回来了。他们一道儿绕过山坡，真的看见一只铝梯架在冰缝上，铝梯的两头还用尖镐固定在冰层中。

"这是我们留在三号营地的铝梯！"林教练仔细地察看之后，激动地说。

于小鹤和唐大钟面面相觑，像林教练这么一个老练的登山运动员也激动起来，事情确实不平常到了极点！一只铝梯，怎么会自己来到这儿呢？要说有人把它带来，那也不符合逻辑，因为林教练是第一组，于小鹤是第二组呀！

想到这儿，于小鹤不知怎的，又想起了那头神秘的鹰。那头鹰也忒古怪，为什么总是不紧不慢地远远跟着登山队呢？如果手上有枪，于小鹤真想放一枪看看，可是全队仅有的一杆枪却叫林教练背着。林教练说，这儿胡乱放枪不得，有时，一声枪响就会引起巨大的雪崩，整个登山队都得埋葬在厚厚的雪层下面。

于小鹤连带又想起一件怪事。那是在三号营地，有一次作适应性行军的时候，顾翡翠把一枚登山协会的纪念章失落了，她掉了一天眼泪。丫头就是丫头，一枚纪念章有啥了不起？可是顾翡翠不听劝，她一夜没有睡好。第二天一大早，她一走出帐篷，却看见在积雪的土地上红灿灿地躺着她的那枚宝贝纪念章。

"谁做的好事？"顾翡翠大声喊，但是全队没有一个人出来承认。

林教练说，是不是登山队里有了隐姓埋名的活雷锋？于小鹤不这样看，他总觉着事情有点儿蹊跷。再说，顾翡翠的纪念章不定落在哪个山垭垭里了，什么人能够在冰天雪地中找到它？除非……

二

第二天是理想的登山天气：响晴响晴的天，是那么湛蓝，蓝得纤尘不染。一大早，主峰突击队就准备停当，在大伙儿的勉励和祝愿声中出发了。于小鹤和林教练走在最前面。于小鹤非常高兴，他身上背的氧气筒、干粮袋、饮用水本来有好几十斤重，这会儿也不觉得怎么沉重了。他穿着厚厚的鸭绒登山服，这时觉得腋窝下微微冒热气。他挺起胸脯，大步流星地走着——这儿是一个缓坡，积雪也很少，甚至还可以看到一些不畏严寒的细碎的小黄花。顾翡翠和马文萍两个女同学就在后面，还小声地说什么，只有林教练回过头去张望一下的时候，她们俩才同时闭上嘴。

"节约体力。"林教练严肃地说，"马上就要爬陡坡了。"

可不是！一转过这一处山口，迎面就是一道陡坡。这是背阴地带，陡坡上挂着冰。林教练抖开尼龙绳，自己先爬上去，尼龙绳长长地拖在身后。于小鹤抓住尼龙绳，身子一悠，一步步蹭上去了。他来到了一处光秃秃的山梁，黑黝黝的玄武岩裸露着，风十分大，像鞭子一样抽打着于小鹤的脸；太阳光中的紫外线十分强烈，于小鹤感到脸上热辣辣地发烫。

主峰就在眼前，可是远远看去，有一道陡壁挡在前面。陡壁伸出鹰翅似的雪檐，坚硬的冰贴在陡壁上，好像亮闪闪的一块玻璃，它高到十七八米。要在这样的冰壁上爬上去，少年登山队员非得有壁虎式的本领不行！林教练早就说过，这是腾格里峰一段难以逾越的天堑。他准备了尖镐，硬是要在光溜溜的冰壁上凿出一个个脚窝子来。

他们向冰壁逼近了，眼睛尖的顾翡翠老远就喊开了：

"咦，一条蛇正爬上冰壁！"

"天寒地冻，哪儿来的蛇？"林教练皱着眉头说。

于小鹤的心怦怦地跳，他预感到：又要发生不寻常的事情了。

果然，一条粗大的绳子从陡壁顶上一直拖到崖下。

林教练也怔住了。三天以前他踏勘过这条路，那时，崖壁光秃秃的，除了冰，什么也没有。这根粗绳子是谁把它挂在这儿的呢？

于小鹤一下子又想到那头神秘的鹰。不过他马上便讪笑自己。不错，鹰可以飞到山谷中捡起一枚纪念章，但是却决不能给登山队准备一根绳子。不过……如果这是一只不同寻常的神鹰，自然又当别论。

但是没有时间左思右想了。林教练抓住绳子，试了一下，上面还系得挺结实，于是他就沿着绳子爬了上去。

于小鹤是第二个。他正要耸身往上，猛然听见崖顶上林教练尖锐的喊声，但是这喊声立刻断了。林教练在崖顶上探出头，连连招着手，让登山队员快上。

于小鹤上到崖顶，才明白林教练为什么惊呼了：那根粗绳子，缚在一个石嘴上，系了一个很大的结。

"这是水手结。"林教练凑在于小鹤耳边，低声说，"我实在看不出是谁干的这件事情。"

"兴许有什么神仙在暗中保佑我们吧。"于小鹤开玩笑说。

跟在后面上来的顾翡翠瞪了他一眼。林教练的神情是非常严肃的，他在沉思。当少年登山队员们全部攀上来以后，他试图去解那个水手结，可是结子非常结实，又冻住了，他弄了半天也解不开来。他挥了挥手，心事重重地走了。

"真的有什么神鹰吗？"于小鹤想。一只会打水手结的神鹰！这就像一条会下棋的鱼或一头会说话的猫一样，只能是童话里的创作。

但是这一天注定了怪事层出不穷。走了一段山路以后，他们来到了一个背风的山窝。林教练下令停下来休息，让大家吃点东西，喝点水。他看了一下气压计，标高已经达到6200米，空气有些稀薄了，但是暂时还用不着氧气筒，不过再往上，可就说不准。

于小鹤坐在一块大石头上，把背包翻过来，他忽然短促地叫了一声。

"什么?"林教练问。

于小鹤涨红了脸，嗫嚅着说:"我……我把干粮忘带了。"

林教练默默地扔给他一筒压缩巧克力饼干和一个水果罐头。于小鹤接过来，默默地放在身旁的石头上。他不愿意分吃林教练的食粮。在这6000米的高山上，每一块饼干都是珍贵的。每个登山队员只背着自己的口粮，谁也没有富余的，他能忍心分吃别人的口粮吗? 但是林教练望着他，眼光带着命令。他瞥了一眼林教练，轻轻地摇了摇头。

林教练走过来，低声说:"一定要吃，还有800米最后的冲刺呢!"

"那您呢?"于小鹤忧郁地说，"您是教练兼领队，您更需要保持体力。"

"我能够坚持——再说，我背包里还有呢! 听着，于小鹤，服从命令。"

于小鹤不情愿地拿起压缩饼干，他犹疑着，不肯打开。林教练一手夺过去，要剥开包装的塑料袋。猛地，一个东西重重地打在他手上，把压缩巧克力饼干打落地下。

这是一个塑料包裹，里面正好是一份口粮——于小鹤忘记在四号营地台阶上的口粮，上面还有他的名字标签。

于小鹤轻轻一跳，抬头一看:蓝澄澄的天，似乎有一个黑点儿刚刚掠过去。

又是那只神秘的鹰!

连林教练也发愣了。两个人就这么怔怔站着。还是马文萍一声尖叫把他们唤回了现实:

"那只鹰多美!"

真的，远方，就在主峰顶上，一只十分矫健的鹰在回旋。它的翅膀大张着，迎着凛冽的寒风，迅疾如狂飙。它似乎指点着，通向主峰的道路。于小鹤内心深处蓦地升起一阵热乎乎的感情。他剥开了塑料包，大口大口地吃着。林教练久久地凝望着远处的天空。这个半辈子花在冰天雪地的高峰上的登山运动员，恐怕也在想，这只鹰身上蕴含着多么巨大的谜啊！

三

马文萍是一个像男孩子一样强壮、活泼而矫捷的小姑娘，在短短的额发下面是一双十分锐利的滴溜溜转的眼睛。但是，在登越最后一个山地台阶的时候，她竟然失足了，掉进一处冰的裂罅中。

这个裂罅不到两米宽，却大约有20多米深，底下大概是有些松软的泥土。马文萍只受点轻伤，她也没有呼唤，只是斜倚在崖壁上，挥动着一条红色的手绢。上面的人的视线叫冰崖的突出部分挡住了，没有看见马文萍，却看见了她的红手绢。林教练急得大颗大颗的汗珠都冒出来了。他果断地立刻从背包里掏出尼龙绳，找寻着可以系绳子的地方，但是……

一个黑影倏地窜下冰崖，而且几乎立刻，那只鹰抓着马文萍，升起来了。不，不是抓，鹰的两只大爪像搂抱小孩一样，拦腰把马文萍抱住，当它飞升的时候，一定十分困难，因为裂罅只有1米多宽，它的长大宽阔的翅膀必须非常小心才穿得过去，但是它还是成功地做到了这一点。这只鹰，一升上来的时候，等候在裂罅两边的登山队员顿时欢呼起来。它却不愿意承受这欢呼，小心地抱着马文萍，远远地飞开去。

但是于小鹤的动作非常快。他一个猛烈的跳跃，就向那只鹰扑去。当它轻轻地把马文萍放在地上的时候，一只翅膀让于小鹤牢牢捉住了。这只鹰略略挣扎了一下，然后，它的嘴喙张了一下，似乎笑了一笑，两只大爪往头上一拢，转瞬间，就露出一张带笑的年轻人的脸庞。

所有人都惊呆了。这真是从来没有见过的怪事！这不是一只鹰，这是一个披着鹰的翎毛、装着鹰的翅膀、能够矫捷地飞翔的人。

即使有一个炸弹在这高山坡上爆炸，也不会更叫人目瞪口呆的了。于小鹤也是这样。他不由得松了手。就在他面前，那个年轻人从从容容地脱去鹰状的飞行衣，走了出来。

林教练毕竟沉着一些。他跑过来，仔细地察看着马文萍是否摔伤了。马文萍已经一骨碌坐起来了，她只是崴了脚踝，却不妨碍她满脸笑容吱吱喳喳地讲述这次遇险。林教练一看她不碍事，马上转过身来对年轻人说：

"非常感谢你救了我们的队员。"

他的一双有力的大手紧紧抓住年轻人的手。

这位年轻人的确十分年轻，最多也就是十七八岁光景。他的相貌十分秀气，有两道细细的、女性化的眉毛，一个直面纤小的鼻子和一个微笑着的嘴，上唇覆盖着一层薄薄的柔毛。他轻轻说：

"我叫惠山泉。"

"我们登山队碰见的怪事，都是你干的吧？"于小鹤冷丁问。

惠山泉抱歉地笑了笑，说道：

"我做得还很不够。"

"还不够呢！"于小鹤嚷起来，"害得我们疑神疑鬼！顾翡翠找到她那枚纪念章的时候，她差点儿以为是山神爷爷显灵了……"

"你才以为呢！"顾翡翠撅着嘴说。

"那谁当空磕头来着？"于小鹤讪笑着道，"我凭空接到一口袋食品的时候，也吓了一跳。还有，那根绳子……"

"还有那架铝梯……"唐大钟补充说。

"这些事是说不完的。"林教练庄重地说，"你为我们做了很多好事。但是，你是什么人呢？你为什么能够像鹰一样飞翔呢？"

几个男孩子都簇拥到惠山泉身边，拉着他的手，好奇地望着他。于小鹤却走到一边，仔细地察看着惠山泉脱下的鹰的外衣。这件带翅膀的外衣不知是用什么材料制造的，非常轻巧，用手抚摸，它像鸟类的绒毛一样柔软和温暖，只有一双翅膀是硬的，而且比较重。肯定，这双翅膀里有什么名堂。

惠山泉轻轻笑了笑，说：

"这是一个很长的故事呢！我一讲就耽误了你们的登山了。你们快点前进吧，前面已经没有什么陡坡了，顶多两个小时就可以到达主峰——赶快冲刺吧！明天我将到四号营地探望你们。"

"你不跟我们一道登上主峰?"于小鹤问。

"我去过了，刚刚半个钟头以前。再说，我算什么登山哩，翅膀一伸就到了顶！那算哪一门子登山运动员！你们才是真正的登山队呢。"

"好吧。"于小鹤叹了一口气，羡慕地看着那脱下来的飞行衣。"你可准来四号营地啊。"

"明天一早，好吧?"惠山泉挥挥手，向他的飞行衣走去。

当这个登山小队又重新向主峰挺进的时候，他们看见，那只大鹰，正从翅膀底下伸出一只人的手臂，向他们连连挥舞呢！

四

林教练带着7名队员终于攀上了主峰峰顶。

他们在山顶上拍了照，测定了一些风速、日照、气温、气压和标高的数据，又把一个登山标志固定在山头上，在这个标志的脚下，他们用尖镐在冻得硬邦邦的积雪的土地上刨开一个深窝，埋下一个不锈钢的圆筒，里面一张纸上写着全体登上主峰人员的名字。在圆筒将要埋入的一刹那，于小鹤忽然伸手把它取出来，拧开盖子。

"你要干什么?"顾翡翠尖声问。

于小鹤已经把纸条抽出来了。他眨着眼睛说:

"是不是还应该加上惠山泉这个名字?"

唐大钟喊道:"对!"他立刻掏出钢笔。

顾翡翠皱着眉头说:"他又不是我们登山队的。"

她的好朋友马文萍反驳道:"他不是帮了我们很多忙吗？至少，他算我们登山队的荣誉队员。"

林教练不吱声，光看着他们呛呛。唐大钟不管三七二十一，硬是把荣誉队员惠山泉这几个字写在林教练的名字后面。

已经是午后了，斜阳缓缓地在山顶上掠过。周围起伏的群山，都落在脚下，好一派苍茫的冰雪世界！空气很稀薄，大家的呼吸都有点儿急促，但是还没有一个人用氧气筒。为了轻装，他们已经把氧气筒卸下了。他们在山顶上进了晚餐，林教练就领着队，动身下山了。

他们回到四号营地的时候，已经将近半夜。但是，全体队员都在等候着。噢，他们是多么热烈地欢迎突击主峰的队员们归来啊！这就不多说了。总之，这真是一个狂欢的夜晚！队员们进入帐篷睡觉的时候，天色已经有点鱼肚白了。过度疲劳的于小鹤睡得昏昏沉沉，冷不防有人用纸捻捅他的鼻孔，他喷嚏一声，醒过来一看，唐大钟正在他面前做鬼脸。

"去，去！"他挥挥手。

"惠山泉来了！"

于小鹤的疲劳立刻消失了。他趿上鞋子就往外跑。哎呀，太阳已经升得那么高了！于小鹤用5分钟时间洗完脸，来到帐篷后面，在那光秃秃的石头上，林教练正和惠山泉谈话呢。

惠山泉穿了一身十分合身的丝棉衣裤，显得干净利落。他还有点腼腆，看见于小鹤和唐大钟跑过来，他急忙用手拉住他们，亲切地问：

"昨天累坏了吧?"

"嗯。"于小鹤不好意思地承认道。然后他问："你的飞行衣呢?"

"喏。"惠山泉轻轻踢着他脚跟前的一个很大的行李袋。

"你是怎么能够飞行的呢?"于小鹤又急切地问道。

"唔。"惠山泉笑了笑，"说起来话长了。其实，道理也简单，不就是一架单人飞机吗?"

"马达在哪儿?"唐大钟惊异地问。

"在两只翅膀里。不过它不是一般的马达,它是一种电离器。就是说,在翼的前沿,有两排细小的导管,飞行的时候,自动吸进空气,一进入翅膀,即分解为带正电和负电两种粒子——叫作离子,分别通过两排导管,然后在一个磁场作用下高速通过翅膀,当它们从翅膀后沿冲出来的时候,阴离子和阳离子又结合在一起,产生强大的推力……"

"能源呢?"林教练插嘴问。

"利用太阳能。"惠山泉沉着地回答。"飞行衣整个覆盖着一层暗绿色的人造绒毛,是类似叶绿素的化合物,能够把接收到的阳光的百分之八十,变为电力。"

"这功率可真不小!"唐大钟赞叹道。他自己,也爱制造个电子仪器什么的,这会儿简直着迷了。

"嗯。"惠山泉同意道,"所以只要穿着它在太阳光下飞翔1小时,所产生的电力就够3小时用的,多余的能量积贮在蓄电池里。两只强有力的蓄电池就在翅膀根部。"惠山泉打开行李袋,把那件飞行衣拿出来,他指点着。这时,已经有不少队员围拢来。

唐大钟问道:"这是你发明的吧?"

"不。"惠山泉有点忸怩,"我哪有那么大学问。这是一个老科学家发明的,他叫仲匡庐。"

"噢,仲匡庐!"林教练轻轻惊呼。

惠山泉瞥了他一眼:"你认识?"

林教练摇摇头。

"这是第一件试制品,我就当了试飞员。我在沙漠、大海、森林,都试验过,现在专门到高山地区做试验,看看在稀薄的气流里它的效率怎样。结果,你们都看到了,它飞行得比真正的鹰还快。我从这儿飞到腾格里主峰,只需要15分钟。"

"噢!"大伙儿都惊呆了。

于小鹤展开了那件飞行衣，它在阳光下显得十分雅致和庄重。于小鹤轻轻抚摩着，他想起神话中的飞毯和风火轮。当然，现实世界中的飞机比任何飞毯和风火轮都要飞得快。但是飞机有飞行衣那么方便吗？人只要钻进去，一揿按钮，他就能像一只鸟儿似的飞翔，它不需要飞机场，不需要复杂的导航设备，它也不需要汽油。它，飞行衣，干脆就组成了人体的一个部分。

于小鹤小心地拉开拉链，钻到里面，快活得笑起来。

"真暖和！"他兴奋地说着，把拉链一直拉到脖子底下，然后双手一伸，插到翅膀里。这时他的右手触到一个按钮，他轻轻一拨拉，蓦地飞腾起来了。

惠山泉用手一捞，没有捞着。转瞬之间，于小鹤已经高高升了上去。张皇失措的惠山泉连连挥手，声嘶力竭地喊：

"揿左边的按钮，揿左边的按钮！"

但是于小鹤什么都听不见了，也许是他不愿意听见。毕竟，当一回鸟儿是十分惬意的，即使在稀薄的高空气流中，即使是冷得打哆嗦。总之，于小鹤没有下来，反而越飞越远，不大一会儿工夫，他就成了天边的一个小黑点。

"这怎么办呢？这怎么办？"惠山泉连连喊着。

林教练虽然也教这事件闹个措手不及，但是他没有惊惶失措，他拍拍惠山泉的肩膀说："不要紧，我们想办法！于小鹤会有危险吗？"

"如果。"惠山泉说，"如果他不冒冒失失，就不至于有什么大的危险。不过，我怎么向仲爷爷交代呢？"

"我来交代。"林教练决断地说，"唐大钟，我今天就下山。这里营地由你负责。休息两天，撤回三号营地待命。于小鹤要是飞回来，你们负责把飞行衣收藏好，谁也不许再用。我以后再和你们联系。小伙子。"他转脸对惠山泉说，"你休息一下，吃点东西，和我下山！"

惠山泉连连点头。

那末，于小鹤的命运怎样？他将碰到什么事情？仲匡庐又有什么办法解救？我们在下一个故事里再谈吧！

奇异的机器狗

〔中国〕肖建亨

生日礼物

小凡14岁生日那天，表舅果然从上海给他寄来了一份礼物。小凡连忙把捆得紧紧的木箱拖到房间里，拆开了它。箱子里装的是一只玩具狗——一只比一般狼狗小一些的玩具狗。

小凡望着那只尾巴翘得老高、漆得花花绿绿的铁皮狗愣住了。看起来，买这样一件玩具可不便宜；可是他又不是3岁的娃娃，要一只这样的玩具狗有什么用呢？再说，他早就在同学们面前宣扬过了：生日那天，表舅要送他一只非常出色的狼狗。现在要是同学们知道，这只"出色"的狼狗原来是个铁皮家伙，那准会笑掉牙的！

"这个玩笑开得可不算小！"小凡不由得想起了两个星期前，表舅答应他的诺言。

表舅是才从北京调到上海的。小凡以前虽然没有见过他，可是早就从妈妈的谈话中知道，他表舅是一个出色的"生物物理学家"。

那天，小凡是在晚饭桌上认识他表舅的。表舅很有趣，在饭桌上老是说笑话。后来，妈妈和他谈起小凡来了。

"他呀，简直就和你小时候一模一样，摆弄起无线电来也是没日没夜的。"妈妈对表舅说道，"连作弄起猫来也跟你小时候一样。现在你该不会作弄这些可怜的小东西了吧！"

"啊，这可难说，表姐。"表舅笑了。他指了指那只正在桌上舔着菜碗的老黑猫阿黑，说道，"你现在还不是和从前一样吗，你瞧瞧，你把这些懒骨头宠成什么样子了！"

"我可没有宠它们。"妈妈连忙挥手赶走了阿黑，说，"这可是我们仓库管理委员会叫我代养的，我们仓库里的老鼠可讨厌哪！"

"要它们去捉老鼠吗？啊，那就更不应当去宠它们！"表舅摇了摇头说，"我可知道这些懒骨头，只要喂饱了，它们才懒得捉老鼠哩！但说到要养个什么嘛，我倒宁可养一只狗，养一只忠心一点的狗。"

表舅的最后一句话，打中了小凡的心。养一只狗该有多好！要养，一定要养一只肯为主人出生入死的聪明的狼狗。表舅好像猜中了小凡的心思似的，他隔着桌子，向他挤挤眼，说："你说对吗？小凡，我们宁可养一只会做事的狗，对吧？"

"啊！"妈妈一听这话可慌了，"你快别逗他了，光是他那些线圈喇叭就够我收拾的了。再弄个引虱子的，可要我的命了！"

"哦，大姐，我可不同意你的话。"表舅不以为然地说，"我和所里的那些狗，打了这么多年的交道，可从来不曾染上一个虱子哩。"表舅说到这里突然把手一拍，说："这下你可提醒了我，该送什么东西给小凡过生日了。对了！我要送他一只绝对不会生虱子的狗——一只非常出色的狗！"

第二天，小凡送他表舅上火车的时候，表舅又重新提起了这个诺言：

"那么我们就一言为定了！"表舅就像同学们打赌那样，和小凡对拍了一下巴掌，"大考结束后，到上海来看我；我呢，到上海后一定就给你捎一只狗来！"

这些话，表舅可都是一本正经说的，小凡当然相信了。大考结束后，小凡还特地到图书馆去借了一些怎样训练狼狗的书。他决定要把那只狗训练得非常出色，甚至，他还先用旧木板，照着书上最新式的式样，盖了一间狗房。可是现在呢，他日夜盼望的狼狗，原来是这么一个漆得花花绿绿的铁皮玩意儿！小凡这时才想起，他表舅上次不就说过，他要送的是一只决不会生虱子的狗，原来是这样！

阿黑和小花的死对头

小凡在少年技术宫里忙到傍晚才回家。那天下午，大家忙着用无线电和古巴的357中学的少年朋友们通话，所以谁都没有问起狗的事情。可是走到小凡家门口快分手的时候，同学当中最会捣蛋的赵小青忽然想了起来：

"咦，肖凡，你的那只狗呢？"

"狗吧，这个……"

"你表舅是逗逗你的吧！还能真的送一只狗吗？"

这句话可把小凡给刺痛了。

"为什么不！他说了就算的！"

"那狗呢？狗呢？"赵小青也不饶人，"你不是说你生日那天，准把它带给我们看的吗？"

"当然要看……"小凡看见大伙儿那种嘲笑的眼光，突然横了心。"告诉你们吧，狗已经来了，可是我……我得训练它！"

"训练它！"赵小青学着小凡的口气说，他是不相信小凡会有一只狗的。"那你说吧，啥时候把它带到学校里去。"

"两个星期……对！两个星期总来得及写信向表舅要一只真正的狗的。不然，好歹也得想法子去弄一只来。"小凡正转着念头，忽然扎着两根小辫子的马琳琳叫了起来：

"你们听！肖凡家里不是有狗在叫吗？啊呀，还是两只哩！"

小凡连忙瞟了马琳琳一眼，他以为她也是在嘲笑他。可是仔细一听，从自己的家里真的传出来了一阵阵狗的叫声：一会儿是一只小狗尖里尖气的叫声，一会儿又是一只大狗的恶狠狠的吠声。这里面还夹着他那个5岁的妹妹兴奋而又快活地叫喊。小凡突然全身都松弛了下来；表舅没有骗他！一定是把真的狗托人给捎来了。他得意地望了望赵小青，说：

"怎么样？"这一阵阵的狗叫可把赵小青彻底打败了。

"那么。"赵小青连忙和解地说，"让我们去看看它吧！"

"啊，那可不行。"这下小凡可摆起架子来了，"两个星期！还是老地方。哈，不过那时候你们可得当心。"

不管同学们的反对，小凡把同学关在大门外面，一溜烟地朝楼上跑去。

"妈。"小凡一进屋就嚷开了，"狗来了吧？是不是两只？一大一小？"

"什么两只不两只的呀！"小凡的妈妈正在厨房里喂着阿黑和小花。"光是这只铁皮狗就把人的头要吵得炸开了。你看这两只可怜的小东西给吓成什么样子了。唉，你那个表舅呀！"

"妈，你说什么？怎么是铁皮的呀？"

"我怎么知道呢，你看他还怪里怪气地给你写了一封信呢。"

妈妈的话简直把小凡弄糊涂了。现在他哪有心思去看什么呢。他一把抓起了表舅给他的信，连忙朝客厅里冲去。可是……打开了客厅门，他倒真的给弄糊涂了：客厅里，除掉兴奋得满面通红的小妹妹，和那只花花绿绿的铁皮狗之外，什么也没有！

"哥哥，哥哥，多好玩的一只狗呀！"小红一见小凡就嚷开了："它叫卡曼。卡曼！卡曼！你来呀！"

小凡简直不敢相信自己的眼睛了：那只铁皮狗一听见小妹的叫声，立刻"汪！汪！汪！"地叫了起来，而且还一边叫着，一边"哗啦、哗啦"地朝小红走去；一直走到小红的面前才停住了。这还不够，它站住后，还像一只狗讨好主人那样，怪可笑地摇起它那根翘得老高的尾巴来了。

"哥哥，它还认人哩。"小妹大着舌头说："不信我叫叫看。"

"是吗？你是叫它卡曼吗？"小凡半信半疑地叫了几声，"卡曼！卡曼！你过来！"

一听小凡的叫声，那只铁皮狗的两只铁耳朵立刻扬了起来，并且哗啦啦地转过身来，朝着小凡。可是正像小妹妹说的那样，它既不叫唤，也不走过来，只是瞪着两只亮晶晶的眼珠望着他。

小凡又叫了几声，可是铁皮狗依旧傻里傻气地站在那儿，一点反应也没有。

小妹妹格格地笑了："对吧，我说它认人的。"

小凡不由得奇怪了。他又试着叫了几声，可是那只铁皮狗依旧不理他。最后小凡忍不住了，他朝那只奇异的玩具走去，想看看到底是怎么一回事，可是小凡刚刚走近它，那只铁皮狗忽然像一只大狗对敌人那样咆哮起来，这声音就和一只凶恶的狼狗的吠叫一模一样。吓得小凡不由得朝后退了几步。原来，刚才小凡听见的大狗的吠声，也是从这只铁皮狗的嘴里发出来的。

小凡是不相信什么魔术的，各种各样的玩具他也见得多了。他们的技术小组就为学校里的低年级儿童，做过许多会跳、会爬、会走的玩具。可是这种会认人的铁皮狗，倒还是第一次见到过。

"你怎么知道它叫卡曼呢？"小凡问他妹妹。

"妈妈说的。"妹妹大着舌头回答道，"她说这是表舅舅信上说的。"

小凡这才想起了表舅的来信，他连忙从口袋里掏出信，念了起来：

　　小凡：

　　从邮局寄一只狗给你。这只狗叫卡曼，是一只非常出色的狗；希望你能好好地对待它（我保证它不会长虱子！）。暑假一定到上海来看我，我们很想知道卡曼在新的环境里生活得怎样。

　　　　　　　　　　　　　　　　　　　　你的表舅

　　　　　　　　　　　　　　　　　　　　4月11日

表舅这封半开玩笑的信，简直把铁皮狗当作是真的了。小凡决定去问问妈妈，可是，他刚打开客厅门，一场有趣的事，把小凡弄得更加糊涂了。

门一打开，那只铁皮狗突然又恶狠狠地叫了起来。它一边叫一边朝厨房里冲去，还没有等小凡明白过来，它已经朝阿黑、小花扑了过去。机灵的小花，一见卡曼马上就从窗子里溜了出去；而那只肥胖的阿黑呢，却纵身一跳，逃到放油瓶的架子上去了。

"该死！"小凡妈妈立刻叫了起来，"你看看……哎呀，油瓶都要给打翻了！……啊，这哪是什么玩具呀，多邪气！"

一向不喜欢猫的小凡，看见那只被宠坏了的阿黑吓成这个样子，不由得哈哈大笑起来。油架上的两只油瓶正在摇摇欲坠地要掉下来，可是不管妈妈怎么叫唤，那只被吓坏了的黑猫，却无论如何也不肯下来。它如临大敌似的弓起了背，向着那只仰着头，哇啦啦叫喊不停的铁皮狗，低低地咆哮着。

"该死！"小凡妈妈望着那两只就要掉下来的油瓶心都要凉了。"你还不把它赶出去。啊……啊，这真是邪气。"可是当小凡妈妈看见小凡正想去抱那只铁皮狗的时候，突然又喊了起来："啊，等等，你快别碰它，它会电人的。"

可是已经来不及了。小凡的手刚碰上那只铁皮狗，立刻被电击了一下，麻得小凡立刻跳开了。

厨房里顿时乱成一片：猫叫声、狗叫声、妈妈的喊声……正在这不可收拾的时候，突然小凡的妹妹跑来了。她刚刚一叫"卡曼"，那只正在狂叫咆哮的铁皮狗立刻安静了下来，转过身子乖乖地朝小红跑去。

厨房门立刻被关了起来。那只被吓傻了的黑猫这时才纵身一跳，也顾不上小凡妈妈的叫唤，立刻朝窗口窜去。一只油瓶也紧跟着掉了下来，摔了个粉碎。

卡曼也认识了小凡

那只奇异的机器狗，就这样开始了它的不平常的生活。

小凡是一个爱好技术的少年。那天，他想到的第一个念头便是：应当把卡曼拆开来看一下。但叫小凡气恼的是，无论他想出了什么办法，卡曼都不让他接近它。受到了电击后，小凡当然再也不敢轻举妄动了。

可是三天以后，卡曼对小凡的态度忽然有了新的转变。

那天，吃过晚饭以后，妈妈上轻工业局开会去了。小凡和他的妹妹一同在客厅里玩着那只机器狗。不知道是小凡忘记了呢，还是一时的高兴，他站在客厅的一头，高声地叫了几声："卡曼！卡曼！"

奇怪的事发生了：听到了叫唤，卡曼忽然"汪！汪！汪！"地应了几声，小步向小凡跑了过来。在小凡面前停下后，它还扬起了头，摇起尾巴来了。

小凡突然记了起来，从那天下午起，当小凡无意中走近卡曼的时候，卡曼也不再对他咆哮了。小凡立刻跑到客厅的那一头，重新叫了几声，这一次卡曼又摇着尾巴向他跑了过来。小凡壮着胆子摸了摸卡曼，竟一点事也没有！

很清楚，卡曼是"认识"小凡了。

卡曼是在第五天上午才"承认"小凡的妈妈的。可是不管小凡怎样要求，妈妈都不肯伸手去摸卡曼。

后来又发现了：如果他们三个人同时叫喊，那么，卡曼只会朝小红跑去；而且不管卡曼在做什么，只要小红一叫，它就会不顾一切地向小红跑。看起来，它只承认小红是唯一的权力最高的主人，而第二位是小凡，第三才轮到小凡的妈妈。同时，不管小凡做了什么样的努力，都不能使卡曼承认他们家里另外两个重要的成员——阿黑和小花。只要它们一出现在卡曼的眼前，卡曼就会毫不留情地向它们进攻，直到它们逃得无踪无影为止。

卡曼的这种奇怪的"癖好",差一点使它遭到了厄运。一提到卡曼,小凡的妈妈就会摇头:

"唉,你表舅真会恶作剧!他不喜欢猫,连他送的玩具也不喜欢猫。不过这种奇怪的玩具我倒是第一次见过,唉,真是邪气!"

两只被吓坏了的猫,一连好几天都不见它们的影子。妈妈开始为它们着急了:

"阿黑、小花是吃惯了的,现在叫它们到哪儿去吃东西呢?"

第二天,小凡的妈妈在吃晚饭的时候宣布了:明天,她一定要把卡曼收起来,放到阁楼上去。不管小红和小凡怎样要求,她都不答应。

"我要写信给你们表舅。"妈妈对他们说道,"让他再送一样别的玩具给你们。啊,这样下去,这个家简直要成狗窝了!"

可是第二天发生的几件事情,却使妈妈暂时没有实行这个决定。

第二天刚吃过早饭,七号仓库管理员老张伯伯忽然来找小凡的妈妈。他刚一进门,小凡妈妈立刻迎了上去,问道:

"啊,老张,我正想找你。这两天你看见我们的阿黑和小花了吗?"

"怎么没有看见呢!"老张伯伯不慌不忙地说道,"这两天,这两个懒骨头老是赖在我们仓库里,它们捉老鼠捉得可起劲哪!"

"哦,真的吗?"小凡妈妈一听到这个消息,不由得奇怪起来。"哈,这么说,小凡他表舅真的说对了!饿了肚皮,反而倒去捉老鼠了。可是老张,它们不会饿着吧?"

"饿不着,饿不着。"老张伯伯又不慌不忙地回答说,"我已经听小凡说起过这件事了。你们表舅想出来的这个办法可真妙呀!主任,我不是对你说过的吗,猫这玩意呀,就是这么一个贱骨头,你可不能大宠它们,一宠呀,它们可就偷起懒来了。"

老张伯伯带来的消息,使小凡妈妈暂时没有实行她的决定。可是紧跟着下午发生的一件事情,却又使小凡妈妈疑心起来了。

　　小凡已经有好几天没有去少年技术宫了。那天，同学们把他约到少年技术宫去听了一次演讲。回家时已经是8点多钟，一进门邻居就对他说："你妹妹走失了，妈妈正在寻找她。"

　　1个小时以后，小凡妈妈才从外面急急忙忙地赶了回来，她没有找到小红。

　　"你把卡曼带到技术宫去了？"妈妈一见小凡就问。

　　"没有呀，吃过饭不是妹妹在玩着的吗？"

　　"糟了！那一定是小红把它带出去了。"小凡妈妈的担心是可以理解的，她一向胆小，从来不许小红一个人走远的，现在呢，又带了这么一只邪里邪气的玩具狗出去！

　　妈妈坐立不安了。她又到邻居那儿去打听，原来，四号的小敏也不见了。有人看见她是与小红一同出去的，而且还牵了一只狗。

　　现在问题已经肯定了，小妹和小敏是带着卡曼一同出去的。小凡的妈妈开始往亲戚朋友家里挂电话，可是亲戚当中谁也没有看见两个牵着一只机器狗的孩子。

　　他们决定等到9点钟，如果那时再不回来，只好报告派出所了。可是，正在这个时候，小凡听到了卡曼那种单调、呆板的叫声。

　　"她们回来了！"小凡喊着，跑下楼去迎接她们。

　　果然是两个冒险归来的小英雄！一进门，两个满面通红、满头大汗的小家伙就说开了。原来，顽皮的小敏来家里找小红，她们玩了一会卡曼以后，她就建议，应当把卡曼带出去"散散步"。小敏建议到五一动物园去。卡曼一定会喜欢那儿的，因为它会在那儿交上许许多多朋友的。

　　小家伙们就这样出发了。五一动物园在城的西头，她们当然是走不到的，没有多久，她们就在这看起来都差不多的林荫大道的迷宫里，迷了路。

　　两个小家伙兜了几个圈子后就害怕了。这儿是东郊，平时是很少有行人的。小红第一个哭了起来，另一个女"英雄"当然也不会落后。小红一边哭一边喊着卡曼："卡曼！卡曼！我要回家。"小家伙这样喊并不奇怪，因为在她的眼里，卡曼就是一只真正的狗；是在灾难中唯一可靠的朋友。这一叫，没有想到倒真的发生了一件奇迹：卡曼"汪汪汪"地应了几声后，立刻朝前走了起来，它毫不犹豫地在那像棋盘格似的林荫大道里兜起圈子来，而最后，把她们带回了家。

这一切都是两个小家伙结结巴巴抢着说出来的。最后，她们竞争起功来了，大家都不承认自己哭过，而且都是第一个喊卡曼带路的。

小敏的母亲和来帮忙的邻居，当然不相信这只铁皮狗会有这么大的本领，然而，卡曼的当场表演，却又叫大家半信半疑起来。

一场小小的喜剧就此结束，可是卡曼却从此闻名起来了。

的确是一只出色的狗

不知不觉两个星期过去了，同学们都在马琳琳家里聚集了。他们决定去看看小凡那只"出色的狗"，训练得到底怎样了。

一路上大家都猜测起来，他们到底会看到一只什么样的狗呢？按赵小青的意思，这绝不会是一只狼狗，更不会是出色的；不然，为什么要用这么长的时间来训练它呢？

"哪里随随便便弄得到狼狗呢？"他说，"草狗倒差不多，要多少，有多少。"

"你又吹牛了。"马琳琳打断了他。"要是我，我就不要狼狗，我可要一只哈叭狗，一只会变戏法的哈叭狗。"

来开门的是小凡。看他那副神气，就知道狗训练得很顺手。

"哈，请吧，请吧。你们是来看狗的吧？请进来吧！"小凡领头走着，"不过我得警告你们，你们莫去惹它，也不要靠近它，不然被咬了我是不负责任的！"

胆子小的同学一听这话，马上就往后躲。只有赵小青一个人还是满不在乎地朝前走；虽说，小凡那副神气，也叫他心里有些发慌。

当大家看见小凡从床底下拖出一只关得紧紧的木箱来时，大家都奇怪了。同学们马上叽叽喳喳地议论开了：

"怎么，你是把狗养在箱子里的吗？"

"嘻嘻！这不要闷死的吗？"

"应当盖一间狗屋子才是，我的一个叔叔……"

当小凡从箱子里把铁皮狗抱出来的时候，起先大家还不明白这是怎么一回事。随后大家都哄笑了起来，笑得最厉害的是赵小青，他一面拍着大腿，一面抢着说：

"多出色的一只狗呀！哈哈哈！喂，这是你表舅在百货公司为你挑的吧！哈哈哈！"

不过同学们并没有笑多久。

他们看见小凡抱着那只铁皮狗，径直走到赵小青的眼前，把铁皮狗对准了他，喊道：

"卡曼！卡曼！这是赵小青。卡曼！这是赵小青。"然后他又走到客厅的另一头，把那只铁皮狗放在地上，喊道："卡曼，追赵小青！卡曼，追赵小青！"

被小凡这种奇怪的行为弄得笑弯了腰的同学，忽然都呆住了。他们看见那只铁皮狗，先叫了三声，然后径直往赵小青跟前跑来。一走近，它立刻用吓人的声音咆哮起来。

隔了一会儿，同学们就更奇怪了。本来连真狗也不怕的赵小青，这时却一脸惊慌地逃了起来。可是那只狗也不放松，不管赵小青躲到哪里，它就追到哪里。想去拦住卡曼的人，都叫卡曼给电了一下，再也不敢去摸它了。赵小青一面退着，一面不住地高声叫着小凡：

"咦，这是怎么搞的！这是怎么搞的！你弄了什么机关？"

"那你讨不讨饶?"小凡哈哈地笑了。

"我讨饶,我讨饶,你快叫住它。"

小凡把卡曼叫住了,可是同学们却站得远远地不敢走过来,他们生怕小凡再玩什么花招。

小凡本来还想卖卖关子,可是他看见同学们都这样急切地想知道这只奇异的机器狗,到底是怎么一回事,终于自己也憋不住了。他连忙放弃了那副从舞台上学来的魔术家的神气,说:

"放心吧,这只狗虽然会电人,可是电起来却很轻,不会伤人的。怎么样,这只狗该算出色的吧?"

"出色!"隔了一张桌子,赵小青觉得安全一些了,"这算什么!哼,比这个更复杂的玩具我都见过。"

"更复杂,哼!"小凡答道,"它简直就和真的狗一模一样。"小凡忍不住了,"才来的时候,我也觉得这有什么稀奇。可是现在我却越来越相信,卡曼就和真的狗一样,它是……会思想的,而且比真的狗还聪明。"

小凡立刻把卡曼怎样认人,怎样认路等种种特点都说了出来,但同学们没有一个相信小凡的话。

"我们当场试吧!"小凡急切地喊道。现在有了这个表演的机会,真叫他高兴极了。

"你们出题吧!"他说。

"就叫它认东西吧。"赵小青抢先说了。他为自己想出了这个难题,在暗暗地高兴,"狗是会认东西的,你就叫它认吧。"

"这太容易了。"小凡答道,"好吧,我就用你的帽子来试一下吧。"说着小凡就一把把赵小青的帽子摘了下来,拿到卡曼面前给它看了几遍,同时喊道:"卡曼!这是帽子,这是帽子。"然后小凡又把帽子放在门外地板上,喊道:"卡曼,去把帽子取来,去把帽子取来。"

卡曼应了几声,立刻快步跑了出去,不一会儿就把帽子衔了回来。

然而，小凡还想叫同学们更惊奇些。他把同学们戴的帽子都取了下来。选了五顶颜色不同的帽子，一一让卡曼"记住"，然后再把五顶帽子全都放在客厅的地板上。小凡带着同学们和卡曼到街上去了。他随赵小青的意思，在那棋盘格似的街道上兜了好几个圈子，直到赵小青认为满意后，小凡才给卡曼下命令：

"卡曼！卡曼！去把赵小青的帽子取来。"

机器狗毫不犹豫地走了，赵小青和几个好奇的同学跟着卡曼走去。看着它丝毫无误地沿着他们刚才走过的路，走了回去。不一会儿它就兜回小凡的家，在五顶颜色式样不同的帽子里，把赵小青的帽子衔了回来。

"卡曼！回家去！去把李国华的帽子取来！"小凡又下了一个命令。

卡曼又转身回去取帽子了。可是叫赵小青他们惊讶不已的是，这次卡曼居然不再像第一次那样大兜圈子了。它好像懂得完全不必那样做似的，径直走起一条最短的路来了。这一次它又毫无错误地把李国华那顶白色遮阳帽取了回来。

第三次去取马琳琳的帽子时，赵小青忽然想到了一个主意。他看见不远的地方堆着几十根粗大的木柱子，赵小青立刻和四五个同学把它们抬到卡曼要走过的路上，横在那里。

当卡曼走到木头跟前的时候，果然愣住了。它好像是在奇怪，这是打哪儿飞来的木头呢？卡曼站在那儿待了一会儿，像是在考虑应当怎么办似的。

卡曼开始爬那几根木头了，可是木头堆得挺高，而且都是圆的，卡曼爬了好几次都没有成功。

赵小青为自己的恶作剧高兴了，可是他并没有得意多久；卡曼爬了几次都失败后，它忽然低着头沿着木堆绕起圈子来。绕了两个圈子，当它刚刚开始绕第三个圈子的时候，卡曼突然停下了。它又站在那儿待了几秒钟，接着就往前走了起来，显然它已经知道应该怎样走了。

当卡曼取了马琳琳的帽子往回走，再碰到那堆木头的时候，这一次它就直接绕过了那堆木头，不再去爬它了。好像它明知道自己爬不过，那就不必去费那股劲了。

亲眼看到这些惊人的表演后，同学们这下可都没得话说了。现在就连赵小青也称赞起来了：

"啊，真的出色！可是……这是怎么搞的呢？小凡，问过你的表舅吗？"

小凡这时才想起，他一直把表舅要他去上海的事，忘得干干净净了。

卡曼的秘密

终于，卡曼的种种表现，叫小凡妈妈起了疑心。

"我看你还是早点到表舅那儿去一次吧。"同学们来过的第二天，妈妈就对小凡说，"去问问你表舅，这只狗到底是怎么搞的，把卡曼也还给他，再向他要一件别的东西吧。啊，这只狗吵得头都要炸开了。"

小凡知道，他妈妈的这次决心是再也不会动摇了。自从仓库里的老鼠被捉光以后，阿黑和小花真是瘦得只剩皮包骨头了，可是它们还是不敢回家。小凡虽然不愿意和卡曼分开，但他也急于想知道卡曼的秘密。

第二天一早，小凡已经来到了"生物物理研究所"。在三楼的一个大房间里，小凡找到了他的表舅。这个房间的门口挂着一块奇怪的牌子：

动物模拟研究室

叫小凡吃惊的是：房间里的地板上还有好几只卡曼的同胞——像卡曼一样的一些铁皮狗。墙脚边，还有一些铁皮做的和卡曼一样漆成各种颜色的小动物：乌龟、老鼠、兔子、螃蟹和两只有大圆桌面那样大小的铁蜘蛛。

表舅没有发觉小凡的到来，他低着头，正在和几个头发已经花白的老科学家跪在地上兴致勃勃地"玩"着两只小小的铁乌龟。

"许主任，有个小朋友找你。"一个工作人员问清了小凡的来意后，叫了一声表舅。

"啊，欢迎！欢迎！小专家来了。"表舅一把把小凡拉了过去，亲切地问道，"怎么样？妈妈好吗？妹妹呢？……啊，还有卡曼？"

"卡曼我给您送回来了。"小凡答道。

"为什么？"表舅很有表情地扬起了眉毛，问，"它不好吗？不听你的话吗？"

"不，它听话。可是妈妈说，再不把卡曼送走，阿黑和小花就要饿死了。卡曼来了以后，它们连家都不敢回了。"

"哦，是这样吗？哈哈哈！"表舅高声地笑了，"那两个懒骨头不敢回家吗？那它们该上仓库去捉老鼠了吧。"

"是的，它们去捉的。"小凡答道，"可是仓库里的老鼠捉光了以后，它们就饿肚皮了。"

"啊，哈哈哈！"表舅又像一个小孩子似的笑了起来，"果然不出我所料！这下子你妈妈可知道猫是不能宠的了吧。好，那么你对卡曼感到满意吗？"

"满意！"小凡连忙把卡曼在家里的种种表现，从头到尾讲了一遍。讲的时候，几位科学家和实验室里的工作人员，全都走过来注意地听着，并且还不断地提出了许多问题。小凡可没有想到大家对卡曼会这样的关心，他这下可慌极了，他还是第一次和这么多科学家谈话哩！

"可是，表舅舅。"小凡结结巴巴地好容易才把他的话说完了，连忙又问道，"表舅舅，卡曼是这样的聪明，难道它真是一只活……活的……"

"活的狗，对吗？"表舅替小凡把问题提了出来。

"嗯，是的，表舅舅。"小凡想了想，又问，"卡曼真是一只'活'的狗吗？"

"不，技术家同志，你错了。"表舅和其他的几位科学家一同笑了起来。"卡曼并不是'活'的，它只不过是一架机器———一架自动机，或者说是一架'逻辑机'罢了。"

"可是，它明明是有思想的，它不但会认人、认东西、认路，而且还会选择道路哩！"小凡反驳道。

"小凡，我知道你是急于想知道这是怎么一回事。"表舅把小凡拉到两张靠窗的椅子跟前，让他坐下，然后解释道："你最感兴趣的当然不是卡曼怎样会走路，怎样会跳跃，对吧？这是用不着多解释的。依靠电流和精密的机械，很容易做到这一点。那么在卡曼的身体里，最主要的东西是什么呢？是一台'电子大脑'。这大脑能够记忆，能把外来的各种信号记下来，而且还能做出一定的判断，分析外来的命令是不是正确，要不要执行。换一句话说：它的确能进行一定的逻辑思考。"

表舅取出了一支烟，点燃了，然后继续说道："事实上，卡曼就等于是一台小小的电子计算机。你不要皱眉头，这一点我就要解释给你听的……

"那么，什么是卡曼的耳朵呢？这是一对灵敏度很高的微音器；你一定猜到了，它就装在卡曼的耳朵里。卡曼的眼睛呢？这比较复杂些。这是两只构造很巧妙的'电子眼'。它能把外界的图像变成电流送到电子大脑里去。

"卡曼装配好后，我们就让它'记住'一些一般的命令。什么叫作一般的命令呢？这要看这种狗的用途而言。譬如卡曼，我们估计到你要叫它取东西，所以我们就让它记住这个命令是应当执行的。譬如，我们又事先想到，为了让阿黑和小花去捉老鼠，那就不能把这两只懒骨头喂得太饱，怎样才能做到这一点呢？只有把它们赶出去。所以，我们事先又让卡曼记住猫的形象和声音，并布置好，碰到这种形象就应当进攻。这样，只要猫的形象和它们的声音一传到卡曼的大脑里，电子大脑立刻就会进行一场快速的计算——用外来的信号和原来的信号互相比较。当它一对照原来的信号时，电子大脑就会把事先给它记住的、对猫应当进攻的命令发出来。于是机械部分——也就是带动卡曼四只脚的马达——就开动起来，向猫冲去。同时，卡曼身子里的一盘小型磁带录音机也转动起来，磁带上录着两种叫声——对敌人，是用咆哮；对朋友，是亲热的小狗叫声——就由喇叭里放了出来。这喇叭是装在卡曼鼻子下面的。"

"啊!"小凡喊道,"难怪卡曼鼻子上有几个洞。"

"正是这样,我们这只卡曼是没有嗅觉的。所以我们就把喇叭装在它的鼻子里了。"

"可是,卡曼怎么认人的呢?"小凡想起了叫他最不痛快的地方。"为什么卡曼第一天就认得妹妹,3天以后才认得我呢?而且只要妹妹一叫它,它就不管什么都会放下,马上到小妹那儿去。"

"是这样吗?"表舅对这点显然也挺感兴趣。"这么说,你们当中是小妹先玩卡曼的,是吗?"

小凡点点头。

"啊,这就是了!唉。"表舅挥了挥手,"这一点倒是我们没有估计到的。我们原先是这样设计的,既然邮包是寄给你的,那么一定是你第一个玩卡曼。卡曼就会记住你的声音的特点,并且承认你是权力最高的主人,而你的命令都是要无条件服从的。可是对以后的人又怎么办呢?这一点我们是模拟了狗的特点而设计的。真的狗,对生人总是狂哮不已的;可是对熟人,它是不会攻击的。怎样才算是熟人呢?一定是常常见面的人才是熟人。所以我们又在卡曼的大脑里布置了一个'计数器',某一个人的声音超过了一定的次数后,电子大脑就会自动地发出对这个人表示欢迎的信号……"

"哦,原来是这样!怪不得卡曼3天认识了我,5天以后才认识了妈妈。原来这是妈妈接触卡曼的机会比我少呀!"

"对的,正是这个道理。问题并不复杂,对吗?可是小凡,我不知道你注意到了没有?我这里不断地和你提到,我们事先怎样设计,事先又怎样的布置;让电子大脑对各种情况都采取不同的行动;而且还布置好了,在电子大脑做了第一次反应以后,下一步又应该怎样做。你知道这是什么？这叫'控制程序'。而且你还应当注意到这一点：卡曼不但会执行我们事先布置好的任务，而且还能主动地改进它的动作。譬如，当你叫它回家取帽子的时候，它只走了一次，就知道如果要更快、更好地完成任务，那就应当选择一条最短、最合理的路来走。换句话说，卡曼还能进行一定的'逻辑判断'，进行'独立思考'！"

"是这样！"小凡喊了起来。因为表舅讲的话，也使他想起了一件有趣的事情：有一次小凡上街，走到街上，他才想起把草帽给忘了。他给卡曼下了一个命令要它回去拿帽子。卡曼一会儿就把帽子给取回来了。可是事后小凡突然想起，他的帽子是挂在墙头钉子上的，卡曼怎么会拿到这顶帽子的呢？小凡回家以后才把这件事问清楚了，原来，卡曼奔回家后，先在帽子下面兜了几个圈子，当它知道自己无法拿到以后，它就去找小红。它先对小妹叫了三声，然后再咬着她的衣角，把她拖到帽子跟前，仰起头对那顶帽子叫着，直到小红明白它是要那顶帽子以后，它才罢休。

小凡连忙把这件事告诉了他表舅。

"是的，我不是说过卡曼是有一定独立思考能力的吗？平时，它一定看见过小红为你拿过帽子，并且把这点记在脑子里了。当它知道自己无法取到帽子时，电子大脑就会进行一场快速的计算，检查一下在它的记忆中，是不是有解决这个问题的方案。最后，当它找到以后，它就进行判断：要拿到帽子，那只有去找小红。"

表舅顿了一顿，然后继续为小凡解释道：

"这也就是卡曼和一般简单自动机械不同的地方。当然，要做到这一点，是花了我们不少时间的。怎样才能使自动机械有一定的'学习能力'，并且在变化多端的新环境里，不断地改进自己，这正是现代自动技术里一个最有趣，而又最困难的问题。现在，可以说，这个问题已经成了一个专门的学问了，你也许已经听到过了，这个专门的科学，就叫作'控制论'。"

"控制论？是的，我在杂志上看到过的。这是一门尖端技术哩！"

"对,这是一门新的尖端科学。这门科学是由数学家、电子学家和生物学家们共同发展起来的。也正是有了这门新的科学,电子计算机才能像我们今天这样,做出许多叫人惊异的事情来。譬如,自动地把外文翻译成中文;自动地从千头万绪的气象情报里,做出既正确而又全面的气象预报来;自动地控制着一个生产过程极为复杂的大工厂。

"当然,我这样只能算是一个很勉强而通俗的解释罢了。事实上,控制论的问题是很复杂的,直到今天,我们还可以这样说,这门科学的范围还没有完全地肯定下来哩!"

铁螃蟹和机器狗的用处

表舅所讲的这一切,小凡虽然平时也在科学杂志上多少看到了一些,但毕竟还是不大懂得的。现在经他表舅这样详细地介绍了一下以后,他可清楚得多了。原来,卡曼的肚子里还有一台复杂的电子计算机哩!不,这并不是一般的电子计算机,应当说,这是一架构造巧妙的"自动机"!

"可是表舅,控制论和生物学家又有什么关系呢?"小凡提出了疑问,"还有,你们做了这么许多机器狗、兔子、乌龟、螃蟹……又是干什么呢?"

"好!问得好!"表舅回答道,"你是说生物学家和控制论有什么关系吗?唉,我可以告诉你,没有生物学家的帮忙,我们可做不出像卡曼这样的自动机哩!为什么呢?你应当知道,机器到底还只是机器,它们再怎样的复杂和巧妙,也是赶不上我们人类和动物的机体的。就拿我们人体来说吧,你想想,我们的大脑和神经系统是多么高明和巧妙地控制着我们的一切活动呀。我们人体的一切活动,都可以说是一种非常巧妙的自动化过程,研究人体和动物,就可以帮助我们改进自动化机械。而反过来,用机械来模拟机体的活动过程,也可以帮助我们更进一步地了解生物的机体。

事实上，这就是我们'动物模拟研究室'的主要任务之一。……"

"啊，原来是这样！表舅，您不就是生物物理学家么？"

"是的。"表舅笑着回答说，"正确地讲，我是一个生物电子学家。这是一门把生物学和电子学结合起来的新科学。所以我说……"

"啊呀！有什么东西在咬我！"表舅的话突然被小凡的叫声打断了。小凡跳了起来，因他忽然觉得，有什么东西正在他的椅子下面窸窸窣窣地转来转去，而且那个东西还一口把他的裤脚管给咬住了。

小凡低头一看，原来，这是一只黑秃秃的铁螃蟹，它正在用一只螯钳咬他的裤脚管呢！

"别害怕！小凡，这是我们的'清洁工'，它嫌你太脏了！"表舅哈哈地大笑道，"你刚才不是问我，我们做了这么多机器动物有什么用吗？现在你就看看，我们这位'清洁工'是怎样工作的吧！"

听表舅这么一说，小凡才定下心来。这时他才看清楚，这只铁螃蟹虽然也和普通的螃蟹一样，有八只脚、两只螯钳。不同的是，它的背上还有一只小小的盒子，两只螯钳也特别长大，而且它的两只螯钳，也只有一只是做成和普通螃蟹的螯一样，另一只螯钳的顶端上装的却是一只尖尖的橡皮喇叭头。那只铁螃蟹，这时正在用那只钳子咬住了小凡的裤脚边，并把那只橡皮头伸到小凡裤脚管的卷边里，在"嘈兹，嘈兹"地东嗅西嗅地嗅着哩。

小凡正在惊疑，这时他突然看见，那只铁螃蟹忽然从小凡的裤脚管的卷边里，衔出一块小泥团来，并且把那只螯钳一转，把那块小泥团团，扔到它背上的小盒子里去了。

"嚯！你的裤脚管里还真有些宝贝呢！还不快把卷边放下来，让我们的'清洁工'为你打扫打扫！"说着，表舅就弯下身去，替小凡把卷边放了下来。

卷边刚刚放下，立刻"噼里啪啦"地掉下来一大堆东西。

小凡低头一看，原来掉下的东西，不但有小石子、泥块，而且还有一根断了头的牛皮筋、好几个小纸团团，以及两块碎玻璃和一个螺丝钉的帽子。

"哈，肖凡同志，"这时走过来看热闹的叔叔们，忽然打起趣来，"你平时带这么多东西走路，不嫌沉吗？"

"他这是在练脚劲吧？哈哈——"

小凡一看，他的裤脚管里有这么多脏东西，臊得脸都红了。可那只工作"认真负责"的铁螃蟹，却毫不留情，看见那堆脏东西，立刻扑了上去，一面很快地用钳子把它们夹了起来，放到它背上的小盒子里去，一面又用那只橡皮头在小凡的裤脚管上嗅着，直到把小凡裤脚管上的灰尘全都吸干净了，这才"嘈托，嘈托"地横着爬到墙脚根去找别的脏东西去了。

"看见了吧，这就是我们所设计的电子动物的用处。"当那只螃蟹爬开以后，表舅才又拉起小凡的手，为他解释说，"我们整个大楼二百多个房间的清洁工作，都是由铁螃蟹包下来的。你瞧瞧，我们这儿被收拾得多么干净呀！"

经表舅这么一提，小凡这才发现，的确，房间里收拾得干净极了，真可以说是一尘不染！

"表舅，这是一架自动化的吸尘机，是吗？"小凡问道。

"是的，这是一架自动吸尘机。可是，它可比一般的吸尘机更完美。普通的吸尘机只能吸取小灰尘。对写字纸、一般大块的垃圾就无能为力。可是我们的螃蟹都可以收拾。小的，它就吸到肚子里去；大的，就用钳子夹到盒子里。装满了以后，它会自动地爬下去，把垃圾倒掉。而更重要的是，这也是一架'自动逻辑机'，譬如，我们这幢大楼里，有几个房间特别容易弄脏，那么，这架自动机就会每天主动地到这个房间里，去多收拾几次。如果情况改变了，譬如，现在是另外几个房间正在进行试验——这些房间也就容易脏些；那么这只铁螃蟹也会主动地调整它的工作，打扫这些房间的次数也会增多些。"

"哈，这真有趣！"小凡惊叹道。"那么卡曼呢？表舅，像卡曼这样的机器狗也一定可以做许多工作的吧？"

"卡曼吗？"表舅站了起来，到办公桌上去取香烟，可是当他走过窗子的时候，突然站住了。

"哈，现成的例子来了！"表舅喊道，"小凡，你快过来。看，看那个从广场西头走过来的人！"

小凡没有费多少力气，就找到了那个戴着一副黑眼镜的人，他手里牵着一只狗，——一只和卡曼一样的铁皮狗。

"你看出那个人有什么特点么？"表舅问。

"有什么特点么？他……"小凡正在寻找那人的特点，突然他听到那只铁皮狗叫了起来，牵着那只铁皮狗的人一听到叫声马上就站住了。这时，从广场另一头过来的一部大卡车，正好在他们的面前不远的地方开了过去。

"他是个瞎子！"小凡说道。

"对，他是个瞎子。"表舅证实道。"这是一位盲人工厂的厂长。你瞧……他那只狗叫什么？啊，对了，叫'汉林'。你看，现在他们要碰上那些停在街边的小汽车了。好，汉林及时地叫了，它带着王厂长安全地绕过了汽车。"表舅转过来，说，"怎么样？小凡，你看到了吧，汉林只走过了一次，就把到我们这儿的路都记得了。它躲开汽车，就像卡曼对你家里的猫一样地'势不两立'；看来，汉林的任务也完成得挺不错呢！"

不一会儿，那只叫汉林的铁皮狗，就把那个盲人工厂的王厂长，带到三楼来了。王厂长还没有坐下，就向小凡的表舅非常激动地谈起了汉林给他的帮助。

研究所里的科学家又把王厂长围了起来，你一句，我一句地抢着打听汉林的一切。从这些谈话中，小凡才了解到铁皮狗的真正用处。它不但成了王厂长不可缺少的"眼睛"——把他带到任何地方去，而且还是王厂长的一位出色的"助手"。汉林肚子里的一架微型录音机,可以把任何报告和会议发言毫无错误地记录下来。这就解决了王厂长最大的苦恼——没法记笔记。同时,汉林又是一位出色的"通讯员",它能依照王厂长的命令,把信件、公文送到工厂的任何车间、任何部门去。有了它,王厂长简直变成一个健康的人了。他把工厂领导得比以前更加出色。

这次谈话给小凡留下了非常深刻的印象。王厂长临走的时候不但提出了怎样改进汉林的意见,而且还非常严肃地向表舅他们提出了一个要求:为了解除千万个盲人的痛苦,希望能把汉林这类专供盲人用的机器狗,早日投入大规模的生产。而他们的工厂,愿意第一个来担负这一光荣的任务!

礼 物

一个星期像飞一样地过去了。在这个星期里,小凡懂得了很多东西,也知道了,表舅他们正在紧张进行着的种种实验和研究的目的。

从前,有经验的矿工们常常在矿井里养一些老鼠,一旦矿井中发现了危险的瓦斯,老鼠就会搬家,依靠它们,矿工们才避开了许多危险。现在,一种有嗅觉的电老鼠已经在研究所里制造出来了。它不但能嗅出瓦斯,而且还能指出瓦斯的浓度,告诉矿工们,在什么样的浓度下才会产生危险。

一种不用人驾驶的自动汽车,也被研究出来了。不过,现在它还暂时是一只机器乌龟的样子。

研究所里还研究着一种专供探险用的"万用螃蟹",这种有视觉、有听觉的螃蟹,可以在南极的冰原上爬行,也可以在戈壁滩上、祁连山的冰川上和南方的密林里进行选择性的侦查工作。它们能把获得的资料,用电视传给稳坐在篷帐内的"探险家"们。

另外,一种身子很小、很结实的铁蜘蛛,也制造出来了。小凡知道,这是为了深海海底探险而设计的。而它的哥哥——一种大型的机器蜘蛛，是受了中国星际航行委员会的委托而设计的。这种能进行一定"独立思考"的机器蜘蛛，将在明年用火箭送到金星上去。坐在地球上办公室里的"星际航行家"们，就可以先看看，他们即将前去的星球，到底是什么样子的，然后进行更充分的准备……

现在，小凡可明白表舅为什么要把卡曼寄给他了。很显然，这也是一次试验，一次对卡曼这种类型的自动机的考验。

分手的时候到了，小凡现在根本就不想要一只真的狗了。但他又不好意思向表舅要回卡曼。这是很明显的：表舅他们还要用卡曼进行许多更重要的试验。

"我不送你上车了。"临走的那天晚上，表舅对小凡说道，"现在，我要实现我的诺言了。"说着，表舅忽然从藤包里提出一只狗来——一只真正的狗崽子。小凡一看就知道了：这是一只优种狼狗。

"这是我们实验室里的狼狗才生出来的。"表舅把那只尖叫着的小狗，塞到小凡的手里。"当然，只要你好好地训练它，它是不会不承认你们家的那两只懒骨头的。另外，我还要送给你们一份资料——一份关于卡曼构造的资料。当然，这份资料是送给你们技术小组的。它并不复杂，只要你们好好地研究一下，你们在少年技术宫里，一定可以把它做出来的。"

小凡的那份高兴，当然是不用提了。

"我们一定要把它做出来！"小凡热情地叫道。他想起了王厂长，想起了一次他和同学们参观盲人工厂时留下的深刻印象。"我们一定要把它做出来！"他向表舅保证道，"而且我要把我们做出来的第一只狗，献给我们城里的盲人工厂！"

魔　　鞋

〔中国〕金涛

　　窗子上刚有点朦朦胧胧的青白色曙光，马小哈就被窗外一阵急促的喊声惊醒了："喂，马小哈——马小哈——"

　　马小哈拉开半扇窗子，踮起脚尖朝外望去，窗外站着个和他一般高的男孩，正冲着他直做鬼脸。这是同班的吴小明。

　　"懒蛋，你还没起床？"吴小明劈头问道。

　　"干吗？有什么事？"马小哈懒洋洋地打着哈欠问。

　　"瞧你。"吴小明指指自己脚上的白跑鞋，又好气又好笑地说，"今天咱俩要代表全校参加1500米决赛，你忘了？"

　　他的话还没讲完，马小哈的眼睛睁得圆圆的，"啊"地一声叫起来。这样一件大事，他几乎忘到九霄云外了。"等一下，我马上就来！"他急急忙忙地说。

　　没过3分钟，马小哈满脸窘容地出现了："你……你先走吧……我的鞋……不……不见了……"

　　"咳，你快点找找吧，我在汽车站等你。"吴小明无可奈何地说。

　　吴小明在胡同口消失之后，马小哈手忙脚乱地折腾开了。他钻到床底下里里外外找个遍，又打开衣柜胡乱翻了一通，但那双新球鞋像是长了翅膀，不知飞到哪儿去了。

马小哈急得满头大汗，光着脚丫跑进厨房，又从厨房跑到进门的狭窄过道里。过道的光线很暗，不知什么讨厌的东西把他绊了一跤。他气鼓鼓地朝那东西踢了一脚，弯下腰看看，原来是爸爸野外考察用的轻便旅行袋。马小哈往袋口里一瞧，高兴得差点跳了起来：一双球鞋！他急急忙忙地把鞋拿出来，脚往里一伸，觉得这双鞋大了些，穿在脚上有些晃荡，可也怪，他在地板上走了几步，鞋子马上变得非常合适，又舒服又轻巧。马小哈没有再多想想，便一个箭步冲出了房门。

奇怪的事情就从这儿开始了。

这时，天已大亮。静悄悄的大街从睡梦中苏醒过来了。四面八方开来的小卧车、大面包车、电车和公共汽车，像体育场的运动员，你追我赶，互不相让。

就在这时，大街上发生了一场骚动。

值班的交通警像往常一样坐在岗楼上，指挥南来北往的车辆，忽然，他发现川流不息的车队像是遇到了什么障碍，全都停在十字路口，交通堵塞了；连两旁人行道上的行人也停止走路，一个个伸长脖子仰望着天空。交通警好奇地打开玻璃窗，顿时，大街上爆发的喝彩声、尖厉的叫喊声像潮水一样涌进了他的耳朵：

"啊，啊……"

"小家伙，真棒，再来一个——"

当交通警的目光落在一根电线杆顶端时，他一下子惊呆了。

他看见了什么呢？原来，电线杆上有个十二三岁的男孩，像个技术高超的杂技演员，踩着晃晃悠悠的电线，像在平地上似的朝前走着。再仔细一看，这男孩不像在走，而像在飞，当前面的电线杆挡住他时，他只是轻轻一纵，便越过去了……

交通警非常担心那个孩子摔下来，他抓起话筒，大声喊道："喂，电线杆上的那个小孩，快下来，快下来！"

那个小孩回过头来朝交通警笑笑，又顽皮地向他招招手，撒开腿一溜烟就跑得无影无踪了……

这是怎么回事？

可惜真可惜，吴小明并没有欣赏到大街上发生的精彩节目。他等了三趟公共汽车，不见马小哈的影子，便跳上了第四趟开来的汽车……

他飞也似的跑进少年宫体育场。一进门，他几乎不敢相信自己的眼睛，原来马小哈早就来了，正在绿茵茵的草坪上翻跟斗，竖蜻蜓，忙着做准备活动呢。

吴小明刚想和马小哈算账，却听见周围有几个同学在惊讶地议论。

"我亲眼看见的，那一定是宇宙人。要不，他怎么飞得那么高？"一个胖墩墩的男孩说。

"不，不是宇宙人。准是个马戏团的演员……"一个系蝴蝶结的小姑娘反驳道。

吴小明听了，不禁有些纳闷，他问马小哈："他们在说谁啊？"

可是马小哈故意拽着他的胳膊向操场另一端走去："管它呢，咱们还是多练习练习，马上就要比赛了……"

这个马小哈，他的葫芦里究竟卖的什么药呢？

再过5分钟，全区中小学1500米决赛就要开始了。跑道周围挤满了人，各个学校的啦啦队，挥动彩色纸旗，扯着嗓子给本校的选手鼓劲打气。

吴小明瞅着起跑线上几个神气活现的大个儿，心里直发怵。那几个都是兄弟学校的长跑健将，上几届的全区冠军。他和马小哈怎么能是他们的对手呢？

"真糟糕，碰到他们……"吴小明气馁地说。

马小哈一面不慌不忙地做着屈膝动作，一面说："怕什么，咱们走着瞧！"

就在这时，裁判威严地喊道："各就各位——预备——"

听到这个声音，吴小明和十几名选手立即蹲在起跑线上，个个像即将出膛的炮弹。这时吴小明突然发现马小哈的位置上没人。他吃惊地转过头去，顿时心里凉了半截。原来马小哈的鞋带松了，正在那里慢吞吞地系鞋带哩。吴小明又气又恼，恨不得上去揍他几拳。这时只听"砰"的一声，信号枪响了。

运动员们像箭一般冲了出去，可马小哈仍在拾掇他那双鞋。

"喂，马小哈，快跑呀，你怎么啦？"有个同学沉不住气了，大声喊道。

马小哈慢条斯理地站起来走了几步，看他这个样子，同学们气得直跺脚。

就在这时，马小哈做了个无法理解的怪动作，纵身一跳，蹦得足有1米多高，说时迟那时快，还没等大家反应过来，只见他像一阵旋风似的冲出去了。一眨眼工夫，他已经跑到最前面的行列里。他的两条腿像飞转的车轮，在白色的跑道和绿色的场地上奔驰，当他完成最后一圈的冲刺时，全场欢声雷动。观众们纷纷拥到终点线一端，等待这个冠军。裁判和计分员更是紧张地攥着秒表，准备记下这个了不起的打破纪录的准确时间。

马小哈第一个冲过了终点线，但是他冲力实在太大，巨大的惯性使他无法刹住脚了。要是继续往前冲，肯定会把不少围着看热闹的人撞伤。在这一瞬间，马小哈急中生智，迅速地来了个三级跳远。大家只见他的鞋底喷出一股白色的气体，当人们惊叫起来时，马小哈早已飞过他们的头顶，无影无踪了。

马小哈的爸爸被一阵急促的敲门声惊醒了。打开门，他怔住了，门外站着一位陌生的警察。

"请问，您是马工程师吗？"这位警察很客气地问道，他就是岗楼里的交通警。

马工程师点点头，他摸不清警察一大早找他有什么急事。

交通警详细地把清晨大街上发生的事告诉了他，并说："经过调查，发现那个跑到电线杆上的孩子就是马小哈。我们非常担心他现在的安全，得马上把他找到，您知不知道他是用什么办法飞得那么高，那么快的？"

交通警说到这儿，只见马工程师连声说："糟了，糟了"，接着头也不回地往过道跑去，他打开旅行袋，脸色陡变，半天才说出一句话来，"糟糕，这孩子把我的魔鞋穿走了……"

"魔鞋？！"交通警睁圆了眼睛。

马工程师见对方的惊讶表情，便把魔鞋的来历告诉他。原来魔鞋是他最近根据气垫船的原理设计的一种新式鞋，鞋底不仅能产生气垫，还能产生喷气。地质工作者穿上它后，魔鞋喷气产生反作用力，推动人行走如飞，鞋底产生的气垫还可以使人非常轻巧地通过沙漠、沼地。

"啊，原来是这样！"交通警松了口气，接着问道，"您的儿子马小哈怎么会操纵这种魔鞋呢？"

马工程师苦笑着说："这种鞋是用人体的生物电流来自动操纵的。当大脑发出信号，指挥脚向什么方向移动时，大脑的生物电流通过神经系统迅速传递到脚上。魔鞋底部有一台微型的信息感受器，能接受大脑发出的电波，经过放大处理，传到魔鞋的电脑里，电脑再操纵另一台微型高效空气压缩机，魔鞋就立即开始工作……"

交通警说："您是不是说，穿上魔鞋，脑子里想上哪儿，魔鞋就能领会你的意图，立即把你带到那儿去？"

"对对对！"马工程师接着又说，"魔鞋不需要消耗其他能源，它会把穿它的人平常走路时一点一滴的能量贮存起来，一旦需要，这些能量就会释放出来。"马工程师神秘地告诉交通警："不过，这里有个秘密。平时穿它，要把鞋带松开，这样就同普通鞋子没有区别。当你需要它跑得快，飞起来时，就把鞋带系紧，它就成了名副其实的魔鞋了。"

交通警抬起眼睛，忧心忡忡地答道："魔鞋在科学上是了不起的发明，可是，您的马小哈穿上它，我们该怎么办呢？"

马小哈究竟飞哪儿去了呢"？

离运动场1里远的地方，有一块长满芦苇的沼地，那里的烂泥很深很深，一不小心就会陷进脚去拔不出来。

当运动场欢声雷动的时候，没过多久，马小哈就从半空中掉进了沼地，还算幸运，他是落在一块草墩子上的。当警察叔叔和他的爸爸赶来时，只见马小哈满脸满身都是黑糊糊的污泥……